Gwenaëlle Aubry

Niemand

Roman

Aus dem Französischen von Dieter Hornig

Literaturverlag Droschl

Ich schreibe nicht, um zu sagen, dass ich nichts sagen werde, ich schreibe nicht, um zu sagen, dass ich nichts zu sagen habe. Ich schreibe: Ich schreibe, weil wir zusammen gelebt haben, weil ich einer unter ihnen war, ein Schatten inmitten ihrer Schatten, ein Körper ganz nah bei ihren Körpern; ich schreibe, weil sie in mir ihr unauslöschliches Mal hinterlassen haben, und dessen Spur ist das Schreiben; das Schreiben ist die Erinnerung an ihren Tod und die Bejahung meines Lebens.

Georges Perec

Um einen Toten muss man sieben Tage trauern um einen Irren jeden Tag seines Lebens.

Augustinus

Wer aber letztendlich, du, der Irre?
Ich?

Antonin Artaud

Antonin Artaud

Am 9. Dezember 1945 schreibt Antonin Artaud aus Rodez an Henri Parisot.

Er klagt über die Heerscharen der Hexer, die ihn von allen Seiten umzingeln, um in ihn einzufallen, sich in seinem Geist niederzulassen, sich als Schmarotzer in seinem Fleisch einzunisten und sich von seinem Leben zu ernähren,

er sagt, wie es ist, wenn man in sich eine solche Heerschar trägt, wenn man für sich selbst eine wimmelnde und im Stich gelassene Erde ist, wenn man in sich nichts anderes antrifft als die Hölle der Wesen, die einem fremd sind,

er sagt, schlimmer als der Schmerz, die ewige Hölle die Explosion seines wahren *Ichs.*

In diesem Brief vom 9. Dezember 1945 deliriert er, man kann das auch so bezeichnen, er ist Jesus, auf dem Golgotha gekreuzigt und dann auf einen Misthaufen geworfen, er ist der Gotteslästerer und der Bischof von Rodez, Sankt Antonin und Luzifer,

und in den Heften, die er in diesem Winter vollschreibt, verkündet er überdies, er sei Vater-Mutter, Mann-Frau, die frenetische Materie aller Zeugungen, die Matrix zahlloser Mädchen,

sein Leib hat die Ausmaße des gesamten Universums angenommen, er ist zur auserwählten Erde der Theogonien geworden, sein Geist weicht von ihm, sammelt aber in ihm die gesamte Geschichte der Menschheit,

er ist der Herr über die Wirklichkeit, über das Mögliche ent-

scheidet er, das Unendliche gehorcht ihm, denn, so sagt er,
das Wirkliche, das verstehe ich nicht
er selber ist das Wirkliche, tönend, überquellend, pulsierend, dass er auch Antonin Artaud ist,
Monsieur Antonin Artaud, geboren in Marseille am 4. September 1896, um genau zu sein,
das führt er auch an, aber es ist von geringem Interesse, ein Gedanke im Hinterkopf, eine überholte These,
eine Sache hingegen weiß er, sie ist nicht untergegangen wie alles andere, eine ruhige und klare Wahrheit,
an die er sich, man spürt es, wenn er sie hinschreibt, wenigstens eine Zeit lang klammern kann:
Ich bin ein großer Dichter, und das ist alles.

In diesem Winter 1945 ist Artaud schon seit acht Jahren interniert. Er war in der Anstalt in Sotteville-lès-Rouen, in Saint-Anne in Paris, wo Lacan meint, er sei in seinem Wahn »fixiert«, unfähig, jemals wieder zu schreiben, in Ville-Évrard, wo er von der Abteilung der Tobsüchtigen in die der Epileptiker verlegt worden war, von der Abteilung der Epileptiker in die der Senilen, von der Abteilung der Senilen in die der Unerwünschten. In Rodez, wo er im Februar 1943 halb tot vor Hunger und gekleidet wie ein Clochard eintrifft, unterhält er sich mit Doktor Latrémolière über Gott, mit Doktor Ferdière über Poesie, er übersetzt Lewis Carroll, er fällt im Dom auf die Knie und spuckt aus und bekreuzigt sich, wenn er Schwangeren begegnet. Er erhält auch tausendzweihundert Elektroschocks in drei Jahren. Aus diesen Behandlungen geht er zerbrochen hervor, keine Knochen mehr und keine Umrisse, ein Körper ohne Nerven, ein Kopf ohne Blut, ein *Pfützenzustand*, wochenlang sieht er sich *hinter seinem Wesen herjagen wie ein Toter neben einem Lebenden, der nicht mehr er ist.* Doch er beginnt wieder zu schreiben, zu zeichnen, Hefte vollzukritzeln.

Am 10. Dezember 1945, am Tag nach dem Brief Artauds an Henri Parisot, wurde mein Vater geboren. Ich weiß nicht, wann er zum ersten Mal in die Klinik eingewiesen wurde. Ich hätte vielleicht einen Hinweis in einem seiner Hefte finden können: Terminkalender mit schwarzem Ledereinband, Schulhefte, »Schmierhefte«, Schreibblöcke mit Hotelbriefköpfen, fliegende Blätter, Notizen auf der Rückseite eines Vorlesungsmanuskripts, genug, um ganze Kartons zu füllen. Man könnte auf manchen die Namen der Kliniken oder der Erholungsheime eintragen – Hefte aus La Roseraie, Hefte aus La Verrière, Hefte aus Épinay … Mein Vater war kein *großer Dichter, und das ist alles*. Er hat sein Leiden nicht in Schönheit und Kraft verwandelt, seinen Wahn nicht in Genie, er hat keine Sprache der Salbungen und Besudelungen gefunden. Ich habe einige dieser Hefte gelesen, ich habe sie vergessen. Ich weiß nur, dass er so gut wie an jedem Tag seines Lebens geschrieben hat. An jedem Morgen, an jedem Abend hat er sich an seinen Schreibtisch gesetzt, hat sich eine Pall Mall oder eine Craven A angezündet, deren Asche Löcher in die Blätter brannte, und versucht, sein Leben neu zusammenzusetzen. Keine Erzählungen, abgesehen von Träumen, aber dafür Rechnungen, Bilanzen, Listen von Dingen, die es zu erledigen galt (»*die Mädchen anrufen, Miete zahlen, bis morgen durchhalten*«, und am Tag darauf strich er durch und schrieb an den Rand »*ERLEDIGT*«), und vor allem immer wieder von Neuem schematische Darstellungen: gerade Linien, in Segmente unterteilt, Segmente des Glücks, Segmente des Unglücks, Segmente mit Alkohol oder ohne, mit Klinikaufenthalten oder ohne, markiert mit Daten und Eigennamen, dann allmählich weniger gerade Linien und dafür auf dem Kopf stehende Dreiecke, Abgründe und Gipfel, Kämme und Spalten, die auf dem karierten Papier die Karte seiner Melancholie zeichnen. Vom Leben meines Vaters bleibt mir das innere Relief in Erinnerung, die seismographische Kurve.

Genauso wenig wie er könnte ich (oder wollte ich) es erzählen, diese Namen und diese Daten abschreiten, die die Geschichte bilden, in deren Schatten ich aufgewachsen bin. Ich kann mit dem Finger ihre wellige Geographie, ihre ungenaue Geometrie nachzeichnen. Ich weiß, dass sie die Schattenseite, das Negativ meines Lebens sind. Dass die Spalten für seine Abwesenheiten stehen und ich, selbst aus der Entfernung, mit ihm in sie hineingestürzt bin. Ich weiß genau so wenig wie er, wer er war. Ich weiß nur, dass er an jedem Morgen, an jedem Abend, wenn er seine Hefte aufschlug, genau das suchte. Diese zahllosen Zeilen, diese eleganten, selbst in den schlimmsten Momenten regelmäßigen Buchstaben spinnen das Netz, in dem er sich einzufangen suchte, sie spannen die Leinwand, deren abwesender Mittelpunkt er war. Genau das suchte er: sich festhalten, sich erwischen, sich am Kragen packen.

Irgendwo, ich weiß nicht mehr, wo, wird diese Geschichte vom Golem erzählt, der an jedem Morgen vergessen hatte, wo seine Kleider waren, und daraufhin beschloss, die Stelle aufzuschreiben. Beim Aufwachen gelingt es ihm schließlich, jedes Kleidungsstück aufzufinden, er zieht Hose und Jacke an und setzt den Hut auf, aber plötzlich merkt er, dass ihm noch etwas fehlt: ich selber, fragt er sich plötzlich, wo habe ich mich gelassen, wo bin ich denn? Das, glaube ich, tat mein Vater an jedem Morgen: er griff nach der Zigarette, dem Stift und dem Heft und fragte sich, wo er sich selbst gelassen hatte. Er streckte die Hand aus und erwischte Lumpen, geflickte Anzüge, Harlekinkostüme. Auf dem weißen Blatt tauchten die Masken seiner inneren Bühne auf, ein zahlreiches, buntes, schwankendes Volk, der Verlorene Sohn und der abgewiesene Liebhaber, der Clown und der Pirat, der Bulle und der Ganove, der Mönch und der Wüstling, der Bürger und der Penner, der Weise und der Tor. Er selber aber war nicht darunter. Manchmal versuchte er auch ein Porträt, er zählte seine Eigenschaften auf, Name, Vorname, Geburtsdatum, Beruf, besondere Kennzeichen, dann brach er jäh ab, als glaubte er nicht daran: wo hatte er sich selber gelassen, wo war er denn?

Du weißt, ich stamme von einem menschlichen Vater und einer menschlichen Mutter ab. Folglich haben auch meine Schwestern keine vier Beine, keinen blöden Kopf und keine roten Augen. Meine Kinder auch nicht. Ich selber sehe auch aus wie ein menschliches Wesen, ein wenig dunkel vielleicht. Ich mag Gras, weide es aber nicht ab, und ich wohne in einer kleinen Wohnung mit Blick auf Bäume, auf dem Montmartre, am Fuß des Sacré-Cœur. Hier wird mir mein Leben wieder bewusst. In ihm hat es sicherlich Dinge gegeben, die mir völlig entfallen sind … denn ich habe sie nicht gesucht.

Diese Sätze, die ich hier abschreibe, sind die ersten Sätze eines Textes mit dem Titel *Das melancholische schwarze Schaf.* An die zweihundert sorgfältig mit der Hand geschriebene, durchkorrigierte und mit Anmerkungen versehene Seiten. Auf die blaue Aktenmappe, in der sie stecken, hat mein Vater geschrieben: »*einen Roman daraus machen*«. Dieser Text war für andere bestimmt, zunächst einmal für meine Schwester und mich. Er hat die letzten Monate seines Lebens mit der Niederschrift verbracht, in der kleinen Wohnung, die wir für ihn eingerichtet hatten: ein helles, weißes Zimmer im Erdgeschoss eines modernen Wohnhauses, mit einem rechtwinkeligen Flur, der zu einer Küche, einem Badezimmer und einem Wandschrank führte und ganz hinten ein großes Glasfenster hatte, das auf einen baumbestandenen Weg ging. Diese Wohnung besaß, wie manche Hotelzimmer, etwas Unpersönliches und Beruhigendes. Kaum hatten wir sie gesehen, wussten wir schon, dass er sich dort wohl fühlen würde, dass er dort der Angst entkommen würde. Wir haben dort die Möbel und die Nippes aufgestellt, die nicht versteigert worden waren, einen großen Bücherschrank für seine rechtswissenschaftliche Literatur und die Kartons mit seinen Heften, eine Couch und einen Schreibtisch, abgenutzte Teppiche, eine Konsole im Empire-Stil, die Bilder meines Großvaters und eine Schwarz-Weiß-Fotografie des Herrenhauses in Saint-Méloir-des-Ondes: die Reliquien einer Dynastie von Honoratioren, die rund um ihn den Dekor eines respektablen, geruhsamen und abgeschirmten Lebens aufbauen würden. Die Psychiater hatten ihm die Erlaubnis erteilt, die Klinik, in die er seit einem Jahr eingesperrt war, zu verlassen. In diesem Zimmer ist er neun Monate später gestorben.

Er hat sich diese Bühne sofort zu eigen gemacht. Und in diesen neun Monaten, der Dauer einer Schwangerschaft, hat er eine neue Rolle für sich erfunden. Er war der Kranke gewesen, er würde der Arzt sein; er war der Tor gewesen, er würde der Weise sein. Er hat wieder zu lesen angefangen: keine Romane, aber Essays, Thomas von Aquin und Hannah Arendt, Jung und Plotin (die Neurotiker lesen Romane, hat mir kurz nach seinem Tod ein Psychiater gesagt, die Psychotiker lesen lieber Poesie und Philosophie, sie graben tiefere Gänge in die Wirklichkeit). Er selbst imaginierte sich in seinem weißen Zimmer als Denker, als Mönch und Gelehrter, er war der isolierte und verbannte Petrus Abaelardus oder einer dieser Melancholiker der Renaissance, die umgeben von Büchern, Globen, Vanitas-Motiven und trüben Spiegeln an ihrem Schreibpult sitzen. Der Text, den er schrieb, ist nicht die Geschichte seines Lebens, sondern seiner Krankheit. Ich weiß nicht, wer dieses »*Du*« ist, an das er sich von Anfang an wendet, dieses Du, das »*weiß*«: ein anderer Kranker, ein Waffenbruder, ein Seelenbruder? Derjenige, den die Krankheit in ihm unbesiegt und ungerührt zurückgelassen hatte? Dieser »*unerbittliche Ankläger*«, von dem er sagt, er habe ihn sein ganzes Leben lang gefürchtet, und den er nun endlich zu erweichen hoffte? Oder eine Frau, eine herbeigesehnte Gefährtin, wie sie sich die traurigen Kinder und die einsamen Halbwüchsigen erträumen, eine Héloïse, sagt er: »*Warum habe ich keine Héloïse, der ich in meiner Einsamkeit mitunter schreiben kann*?«

Schreibend wollte er genesen und vermutlich auch heilend wirken. Er, der Sohn und Enkel eines Arztes, war Jura-Professor geworden. Er wollte auf dem Lehrstuhl sterben, auf der Bühne: »*Wie Molière hätte ich sterben wollen mitten in der Vorlesung bei meinen lieben Studenten. Gott hat es nicht gewollt, zumindest wenn es so ist, dass er sich mittels des psychiatrischen Kollegiums ausgedrückt hat.*« Er hat sein Manuskript so gegliedert wie eine seiner Vorlesungen, ebenso gründlich, zwei Teile, jeweils mit drei Kapiteln, die in Sektionen unterteilt sind. Seine Sprünge und Risse, seine Absenzen, seine Ängste, seine Delirien hat er hier untergebracht, unter großen A's und kleinen b's. In diesem Text steckt eine ungeheure Anstrengung. Ich weiß, wer er war, als er ihn schrieb, mit seinem erschöpften Körper, seinem nachlassenden Herzen, seinen Geldproblemen und den Medikamentenlisten, die er an den Badezimmerspiegel geklebt hatte. Ich weiß, was er verloren hat, seine Möbel, seine Wohnung, seinen Beruf, seine soziale Identität, an der ihm so viel lag, und die, die ihm nahe gestanden hatten und ihm nun aus dem Weg gingen. Und dennoch keine Klage und kein Angeklagter. Aber dafür eine ungeheure Anstrengung, um über die Ruinen hinweg in ihm wieder zu dem gelangen, den die Krankheit nicht angetastet hatte und der noch imstande war zu begreifen, zu denken, zu schreiben und zu hoffen. Diese Anstrengung ermesse ich an gewissen Arrangements, an gewissen Ungereimtheiten, an gewissen Lügen: an dem, was in seinem Text bereits *wie in einem Roman* ist (so wohnte er etwa nicht »*auf dem Montmartre, am Fuß des Sacré-*Cœur«, sondern weiter unten, in einer Gasse, die zur Rue des Martyrs führt und von der man tatsächlich das Sacré-Cœur erblickt, aber in weiter Ferne über den Dächern). Und in den Heften, die er gleichzeitig diesmal allein für sich vollschrieb, lese ich die schwarzen Seiten, die Kluft, in die jeder Plan stürzt, die Angst, von allen verlassen zu sterben, das Gift der Vergangenheit, die fehlende Zukunft, die Vergeblichkeit jedes Romans.

Da ist noch dieser Text. Die letzte Rolle, die er auf der kahlen Spielfläche, der leeren Bühne, von der er nunmehr selber abgetreten ist, gespielt hat. Von dort, wohin er sich zerstreut hat, Schatten oder Licht, ich weiß es nicht, projiziert er sie immer noch, schwarz auf weiß, es sind seine Wörter, seine Stimme, der Geruch seines Tabaks, der ungewisse, flackernde Schein eines in sich zusammengestürzten Sterns, der schwarzen Sonne seiner Melancholie. Auf die Aktenmappe, die sein Manuskript enthält, hat er geschrieben »*einen Roman daraus machen*« und daneben einen Untertitel, den er später durchgestrichen hat: »*Ein störendes Gespenst*«. So nannte er seine Krankheit. Aber vielleicht dachte er dabei auch an diesen Text, den er uns hinterließ, meiner Schwester und mir, und fürchtete, uns eine Last aufzubürden, mit seinem ganzen Gewicht auf uns zu lasten? Dieses Gespenst stört mich nicht. Es begleitet mich, ich halte es an der Hand, ich verflechte seine Worte mit meinen, schreibend leihe ich ihm meinen Atem, ich gebe ihm seine Gestalt zurück, mit diesem Buch halte ich ihn fest, ich verankere ihn auf meinem Ufer.

Kurz nach seinem Tod, als ich bereits wusste, dass ich über ihn schreiben würde (dieses Buch musste einfach sein, aber solange er lebte, wäre es ein schwarzes Buch voll von Geständnissen und Gewalt gewesen), ist er mir im Traum erschienen, in einem dieser Träume, die durch ihre Dichte, ihre Schärfe und ihre Unmittelbarkeit das Hereinbrechen einer Präsenz sind. Er saß massig, ernst und zur Ruhe gekommen am Ruder des alten Segelboots in der Bucht von Arcachon und entfernte sich auf dem glatten und so hellen, gleichsam mit dem Himmel verschmelzenden Meer von mir, ohne mich dabei aus den Augen zu lassen. Diesen Traum habe ich später hinter den Versen von Michaux noch einmal gesehen: »*Tragt mich fort in einer Karavelle,/ in einer alten, sanften Karavelle, / im Bugspriet, vielleicht auch im Kielwasserschaum / und lasst mich fallen, fernab, fernab.*«

Einen Vater verliert man nicht, und noch weniger einen Vater, der sich selber verloren hat oder verloren ist. Zu Lebzeiten hatte man ihn vielleicht verloren, wusste man nicht mehr, wer er war oder wo er war. Nun da er tot ist, versammelt man, was er zurück gelassen hat, Krümel und Kiesel, die er in den Wäldern seiner Angst ausgestreut hat, Schätze und Strandgut, man errichtet ein Vakuum, man arbeitet an der Abwesenheit und sucht eine Gestalt für das, was in uns von ihm bleibt und immer lockende Gestaltlosigkeit war und drohendes Chaos, man sucht nach Wörtern für das, was in uns stets der geheime Anteil, der stumme Anteil war, einen Körper aus Wörtern für den, der kein Grab hat, eine Burg der Anwesenheit, um seine Abwesenheit zu beschützen.

Bond (James Bond)

Mein Vater wollte James Bond sein. Manchmal, in schlechten Zeiten, war er sogar James Bond. Dann setzte er seine Pilotenbrille auf, strich sich das Haar mit der Hand glatt und diktierte zum Beispiel Bewerbungsschreiben für die Spionageabwehr und die Sicherheitsdienste:

Im August 1999 diktierte ich nach dem Ende der Vorlesungen und der Prüfungen zwei Bewerbungsschreiben für die Spionageabwehr und den Sicherheitsdienst. An einem Abend hatte ich viel Wein zu mir genommen und ging zum Kommissariat, um meine zwei Schreiben abzugeben. Das hätte ich besser bleiben lassen. Ich habe die Nacht auf der Wachstube verbracht usw usw und das Lachen des lieben Gottes ist bis zu mir gedrungen, als der Kommissar in schöner Uniform zu mir gesagt hat, »schon merkwürdig für einen ehemaligen Studenten, seinen Professor zu verhaften«. Und da denke ich an Thomas von Aquin, für den der Trunkenbold unüberlegte Risiken eingeht und sich nur Ärger einhandelt, während das gemäßigte Temperament überlegt und, wenn es handelt, überrascht ist, wie leicht die Dinge sind.

Mein Vater wollte James Bond sein, weil er ein *Agent im Untergrund* sein wollte: »*ein weiteres, mir entsprechendes Vorhaben: zu einem Agenten im Untergrund werden, so wie man in ein Mäuseloch schlüpft*«. James Bond werden, das hieß nicht größer werden stärker schöner auffallender, auf Schiern Gletscher hinunterfahren und von einem Hubschrauber beschossen werden inmitten einer Horde afghanischer Rebellen auf einem

Kamel dahingaloppieren mit der Harpune unter Wasser gegen eine Armee von Froschmännern kämpfen mit einer Hand auf dem Roten Platz einen Sturmpanzer lenken und mit der andern eine mutige und doppelzüngige junge Frau am Schreien hindern: James Bond werden hieß verschwinden, unsichtbar werden, in den Spalt in ihm schlüpfen und dort bleiben. James Bond werden hieß sich einzulochen wie an diesem Abend im Kommissariat, aber auch zur Maus zu werden, den Maßstab zu wechseln wie die in einen Brunnen gefallene Alice bei Lewis Carroll, winzig klein zu werden, eine kindliche Straffreiheit wiederzufinden, mit einem Cowboyhut und einer Spielzeugpistole herumzurennen, ohne dass irgendjemand etwas dagegen einwenden könnte, das Recht haben, alles nur Erdenkliche anzustellen, Dummheiten, (frz. *connerie*) (von allen James Bonds war ihm Sean Connery der liebste; bevor er seine Briefe diktiert hatte, war er ihm auf der Straße begegnet, »*mit seinem immer noch schönen Kopf, aber ein wenig gebrechlich*«, und »*die alte Geschichte* war ihm *wieder eingefallen*«).
James Bond werden, das hieß auch an die alte Geschichte anknüpfen, an die Mythologie der Familie. In der Familie hatte es zwei Helden gegeben. Mein Vater sprach über sie, aber das, was er sagte, war immer irgendwie ungewiss, man wusste nie, was nun Mythos oder Geschichte, Roman oder Tatsache war. Einmal, kurz nach dem Tod meines Großvaters, fahre ich nach Saint-Malo. Meine Tanten hatten meinem Vater, meiner Schwester und mir verboten, zum Begräbnis zu kommen. Ich will nun ganz allein und für uns alle drei einen Ritus finden, eine Zeremonie erfinden, während der Totenmesse hören, wie sein Name zu dem Dreimaster aufsteigt, der im Kirchenschiff hängt, überprüfen, dass das alles existiert, das Herrenhaus in Saint-Méloir, das Haus an der Porte Saint-Vincent, und mich vielleicht vergewissern, dass ich, die Tochter des schwarzen und mit ihm verbannten Schafs, dennoch an die Fäden einer

alten Familie anknüpfen kann. Am Vormittag des Allerseelentags gehe ich ziellos durch die leeren Straßen, als ich im Schaufenster eines Antiquitätenladens zwei von meinem Urgroßvater geschriebene Bücher erblicke. Der Antiquar sagt mir, er habe sie eben in die Auslage gelegt. Ich sehe darin natürlich ein Zeichen. Ich entdecke auch, dass mein Vater nicht gelogen hat. Es gibt also eine andere Geschichte, die nicht eine des Streits, der Schande und der Geheimnisse ist, eine Geschichte, die mit der großen Geschichte verbunden ist, glanzvoll und glorreich. Auf dem Vorsatzblatt eines der Bücher entdecke ich das Gesicht meines Urgroßvaters: ein *»sehr schöner Kopf«*, ein vornehmes Kinn, schräge Lider und das gewellte Haar eines amerikanischen Schauspielers der fünfziger Jahre. Er schildert die Belagerung von Saint-Malo durch die alliierten Truppen, wie er Zivilisten und kriegstüchtigen Männern, die von den Deutschen gesucht wurden, im Dunkel der Keller des Spitals, in dem er der leitende Arzt war, Unterschlupf geboten hat, wie er während der Bombenangriffe operierte, während meine Urgroßmutter ungerührt Bridge spielte, ein Held also oder so gut wie, denn als katholischer Großbürger hatte er doch einige Zivilisten hinausgeschmissen, um Platz für die Klosterschwestern zu machen, sein Ton ist trocken und martialisch und wird im letzten Satz plötzlich emphatisch: *»Ich bin aus der Nekropolis geflohen!«* Der andere war ein wirklicher Held gewesen, ein großer Widerstandskämpfer, Kommandant Joseph Pouliquen, der Gründer der Staffel Normandie-Niémen, der Chef einer Armee im Schatten. Mein Vater nannte ihn Jo und besuchte ihn regelmäßig im Hôtel des Invalides.

Ein Jahr nach dem Tod meines Vaters habe ich mich dazu entschlossen, sein Schließfach öffnen zu lassen. Er hatte mit mir einmal am Telefon darüber gesprochen, als er mich aus der Kleinstadt in der Picardie anrief (weit von der Bretagne, weit vom Meer, weit von Paris auch, von seinen Kindern und seinem Beruf), in der er geboren worden war und in die er sich zurückgezogen hatte, um loszulassen, um sich fallen zu lassen (er sagte, das sei sein *Unterschlupf*). Damals, das habe ich später begriffen, wurde ihm klar, dass er ruiniert war, er hatte sein Erbe verprasst, er hatte Schulden gemacht, er gab sein Hochschullehrergehalt aus, um für die Stammgäste an der Theke Runden zu schmeißen, er ließ sich von nicht sehr skrupelhaften Freunden ausnehmen, kurz, er hatte sich vielleicht an diesem Tag in einem hellen Moment gesagt, dass er uns nichts hinterlassen würde, und er wollte sich beruhigen. Ich hörte ihm zerstreut zu, ich hatte keine Lust, darüber zu sprechen, aber er ließ nicht locker, da ist der Mercedes, den ich dem bulgarischen Botschafter abgekauft habe, und dann dieses Schließfach, sehr wertvolle Sachen, versprich mir, dass du nicht vergisst, und er hat mir die Adresse und die Telefonnummer einer Pariser Bank diktiert. Eines Tages habe ich mich dazu durchgerungen anzurufen. Die Frau am anderen Ende der Leitung erinnerte sich an ihn, und in ihrer Stimme war, so schien mir, ein Beiklang von Traurigkeit und vielleicht sogar Respekt, etwas ganz anderes jedenfalls als die Verlegenheit und die Verachtung, die ich bei all denen spürte, mit denen ich damals zu tun hatte. Das Schließfach gab es, er hatte es nicht erfunden, aber der Schlüssel war weg, man müsse es aufbrechen. Ich bin mit großer Verspätung zu dem Termin mit dem Schlosser gekommen, das ist bei mir so üblich, aber diesmal wollte ich wirklich nicht hingehen, ich wusste nicht, was ich in diesem Schließfach vorfinden würde, höchstwahrscheinlich nichts, ich hatte übrigens nicht einmal daran gedacht, eine Tasche mitzunehmen, es kam mir deutlich vor wie eine Gewalttat, eine Schändung, und ich hatte diesen Satz im Kopf: *eine Leiche im Schrank*. Der Schlosser erwartete mich verärgert, wir gingen gemeinsam hinunter in den kleinen, dunklen und schallgedämpften Raum mit den Schließfächern, er sagte, ich

solle mich setzen, holte aus seiner Werkzeugtasche eine Bohrmaschine und ein Brecheisen hervor, ich sagte zu ihm, er würde einen guten Einbrecher abgeben, wir könnten uns vielleicht zusammentun, er tat, als fände er das witzig, er quälte sich ab, er fluchte, es dauerte endlos, schließlich gab die Tür nach, er trat zur Seite und forderte mich feierlich auf, den Inhalt zu prüfen. Das Schließfach war nicht leer. Es enthielt die goldene Uhr meines Urgroßvaters, eine kleine Kette, die meiner Großmutter gehört hatte, eine alte Ausgabe von Montesquieus *L'Esprit des Lois*, ein Buch über die Geschichte der Staffel Normandie-Niémen, eine Nummer der französischen Luftfahrtzeitschrift *Icare* mit zahlreichen Fotos von Jo Pouliquen und, in einem roten Lederetui mit der Aufschrift Cartier, Karnevalsorden. So habe ich die Vorstellungswelt meines Vaters aufgebrochen. Er hatte die Wahrheit gesagt, dieser Kram, den mich die Bankangestellte ein wenig mitleidig in eine Plastiktüte stopfen sah, die sie für mich geholt hatte, war von unschätzbarem Wert: das Schließfach ohne Schlüssel enthielt ein ganzes Gedächtnis, eine Berufung und Träume vom Ruhm, die materielle Erscheinungsform einer Seele, die Fetische, die sie für sich ausgewählt hätte, hätte sie ein Grab gehabt, um in ihrer Begleitung im Jenseits der Armee im Schatten gegenüberzutreten.
James Bond war für meinen Vater auch eine Art Aufklärer, aber eine ganz besondere Art von Aufklärer, denn was er in ihm ankündigte, das war der innere Feind. Weshalb er ihn unter allen Bewohnern seines persönlichen Bestiariums vorrangig immer mit dem schwarzen Schaf verknüpfte: »*James Bond immer auf der Lauer, und das schwarze Schaf auf den Weiden in der Nähe.*« Diesen James Bond, der in ihm der Agent im Untergrund war, sah er als Miniaturmodell – so etwas wie ein Jiminy Grille für den Leichtsinn, ein kleines Flügeltier, das in dem Spalt hockte, in den seine Beziehung zur Wirklichkeit stürzte:

In einer Nacht von Samstag auf Sonntag sah ich mich dort, wo ich war, daliegen, und James Bond flatterte wie ein versehentlich ins Haus geratener Vogel im Zimmer herum, stieß gegen die Wände, suchte eine Öffnung und nistete sich dann vor lauter Müdigkeit in einem Winkel über meinem Kopf neben dem geschlossen gebliebenen Fenster ein. Dieser Traum weckte mich, was bei mir selten ist, und ich schlief mit einem Gefühl, eingesperrt zu sein, wieder ein. Aber friedlich. Die ganze Woche hindurch habe ich James Bond in mir behalten, ohne daran zu denken, und ging ruhigen Schritts zur Universität und, wie Thomas von Aquin sagen würde, wie ein guter »christlicher Doktor« auf der Suche nach seiner Wiedervereinigung mit der Wirklichkeit.

Kurz nach diesem Traum ist mein Vater in seiner Mission als Rechtsberater nach Marokko gefahren. König Hassan II. starb, als er in Rabat war. Er erinnert sich, dass er sein Hotel, »*das von den Geheimdiensten anderer Staaten requiriert wurde*«, verlassen musste, dass er nach Casablanca kam, wo ihn ein Rückflug erwartete, und dass er eine bezaubernde junge Fremdenführerin kennenlernte, der er in die Wüste bis Essaouira folgte, und dann ist da nichts mehr, das Weiß und das Licht der Wüste und auf einer Seite seines Tagebuchs dieser eine Satz: »*Ich fühle mich wohl hier … der König stirbt.*«
Ich erinnere mich, dass er nach dieser Reise verliebt, redselig und zerfahren war und von dieser Frau sprach, die in der Wüste auf ihn wartete und die er heiraten würde, von ihren Brüdern, die ihn in den Islam eingeführt hatten und ihn bedrohten, und dass er meiner Schwester und mir fein gearbeiteten und, so sagte er, von seiner Verlobten ausgewählten Silberschmuck mitgebracht hatte.
Ein anderes Mal, ich erinnere mich, war es im Sommer, ich machte auf der Insel Ré Ferien und war mit meiner ersten Tochter schwanger, und er war in einer Klinik in der Nähe von

Paris. Das jedenfalls dachte ich, als er mich eines Abends anrief; ich hörte ihn kaum, die Verbindung war schlecht, er sagte mir zunächst, ich solle mir keine Sorgen machen, was immer ein schlechtes Zeichen war, und dann, dass er in der Normandie sei, bei Freunden, in guter Gesellschaft und dass er die Absicht habe, in den Nahen Osten zu fahren, weil Yasser Arafat ihn brauche. Er legte auf. Ich rief die Klinik an und wollte mit dem Psychiater sprechen, der ihn betreute, und man antwortete mir, dass man ihn tatsächlich entlassen habe, alles sei in Ordnung, ich hätte vermutlich falsch verstanden, bevor man mir argwöhnisch und leicht aggressiv nahelegte, ich solle mich doch beruhigen. In seinem Manuskript liest sich das so:

Die Klinik war gewiss schön, die Zimmer waren geräumig, das Essen ausgezeichnet. Die Ärzte einer eleganter als der andere, ich sah nur wenige und nur kurze Zeit bei jeder Visite. Ich verbrachte meine Tage damit, Rimbaud zu lesen, und rief meinen Vater an, um ihm Auszüge vorzulesen in der Hoffnung, sein Witwerdasein dadurch aufzuheitern. Ich verlor schon den Verstand. Ich kleidete mich als Cowboy, ich hatte vergessen, wer ich war, ich lebte einen Film oder einen hübschen Traum. Der Arzt kam jeden Tag amüsiert zu mir, und wir unterhielten uns über Jung. Das große schwarze Loch begann, die absteigende Spirale. Ich erinnere mich nur daran, dass man mich in der Normandie beherbergt hatte, dass ich Miniatursturmpanzer gekauft und die Gründung einer riesigen Consultingfirma ins Auge gefasst hatte.

Die Lektüre dieser Sätze beruhigt mich. Denn meine Erinnerung an jede einzelne dieser Episoden seines Wahns ist undurchsichtig und chaotisch, als wäre es jedes Mal ich, die delirierte. Ich weiß nun, dass wir das alles gemeinsam erlebt haben, auch wenn er sich daran wie an einen *hübschen Traum* erinnert und ich wie an einen Alptraum.

Niemand benannte seine Krankheit. Und selbst als Erwachsene, als mir die Bücher, die ich las, die Leute, mit denen ich verkehrte, den Namen hätten nennen können, habe ich ihn nie gesucht. Rund um mich hieß es nur »deinem Vater geht es momentan nicht gut«. Und obwohl meine Schwester und ich ständig über ihn sprachen, Neuigkeiten über ihn austauschten und einander seine letzten Anrufe erzählten, ließen auch wir es dabei bewenden: »Papa geht es momentan gut oder relativ gut oder überhaupt nicht gut.« Ich weiß nicht mehr, wann ich mir zum ersten Mal gesagt habe »mein Vater ist wahnsinnig«, wann ich dieses Wort Wahnsinn übernommen habe, dieses emphatische, vage, beunruhigende und leicht mitreißende Wort, das im Grunde nichts benannte, nichts anderes als meine Angst, dieses kindliche Entsetzen, diese Panik, in die ich mit ihm abkippte und die dann mein ganzes Erwachsenenleben zu überdecken versuchte, ein Anruf von ihm, und all das, der Garten, der Sommerabend, das Meer ganz in der Nähe, zersplitterte und ließ mich allein zurück mit ihm in dieser zerstückelten und stummen Welt, die vielleicht die Wirklichkeit als solche war (am Tag nach dem Anruf bin ich mit dem Fahrrad gestürzt und habe den Rest meiner Ferien damit verbracht, Ärzte zu konsultieren, um mich zu vergewissern, dass das Kind, das ich in mir trug, noch lebte).
Einmal jedoch hat er mich gerettet. Es war im Jahr 1989, am Flughafen von Sofia. Ich wollte nach einer Woche Ferien bei Freunden zurückfliegen, und da ich nicht genügend Devisen ausgegeben hatte, hielt man mich am Zoll zurück. Vor meiner Abreise hatte mir mein Vater die Telefonnummer eines seiner früheren Studenten gegeben, der in der Botschaft arbeitete. Ich rief ihn, einige Minuten später war er da, ein junger ein wenig schüchterner Mann, der sich aber für diesen Zweck eine Sonnenbrille und einen Dienstwagen besorgt hatte (vielleicht den Mercedes, den mein Vater später gekauft hatte und der für ihn

zu einem Gegenstand der Panik werden sollte). Er verhandelte mit den Zollbeamten, und ich durfte an Bord gehen. Diese Geschichte erzählt mein Vater nicht, aber er erinnert mich gerne an sie: An diesem Tag war er dank eines Stellvertreters ein rettender Vater, ein heldenhafter Vater gewesen. Oder letztlich vielleicht ganz einfach ein Vater.

Da ist noch etwas, was ich nicht weiß, eine Trennungslinie, die ich nicht ziehen kann. Ich bin aus dem Alter heraus, in dem man von einem heldenhaften Vater träumt (welchem auch immer, einem großen Dichter, einem großen Widerstandskämpfer oder einer der Gestalten aus den Filmen, in die er uns am Sonntag Nachmittag ins Odéon mitnahm: James Bond, Indiana Jones, Luke Skywalker). Dieses Alter habe ich, so scheint mir, nie gekannt. Und ich habe lange Jahre gebraucht, bevor ich versucht habe mir vorzustellen, wie es wohl sein mochte, einen »normalen« Vater zu haben. Eigentlich habe ich diese Übung nur ein- oder zweimal gemacht, um den Preis einer großen Anstrengung und mit einem katastrophalen Resultat: eine Art Reklamebild, aber eindringlich und sehr scharf, ein reifer, graumelierter und sonnengebräunter Mann, der an einem Sommerabend in seinem Garten sitzt, und neben ihm, aber nicht auf dem Bild, eine Frau, ein Hund und Gartenwerkzeuge. Dieser Mann sieht nicht aus wie mein Vater. Er ist groß, schlank, sportlich, sein Blick entschlossen und hell. Ich glaube nicht, ihm jemals begegnet zu sein. Dieses Klischee habe ich mir, denke ich, aus akustischen Bildern zusammengesetzt, aus dieser Mischung von Selbstbewusstsein und Albernheit, die man aus den Stimmen der Mädchen-die-einen-Vater-haben (oder, noch schlimmer, die über ihren Vater schreiben) heraushört. Aber am schwierigsten und am interessantesten war es, die Auswirkung davon einzufangen: rings um dieses Bild war die Welt wieder gestrafft, neu zusammengesetzt und von hellen, geraden Straßen durchzogen, und ich hatte die deutliche,

wenn auch flüchtige Empfindung, dass auch ich auf diesen Straßen gerade und fest und standhaft vorankommen konnte, ohne Unruhe und ohne Neugier, ohne von den Rändern und Irrwegen zu wissen, strahlend und begrenzt.
Ich habe einen Vater gehabt. Dieser Vater war weder ein Held, obwohl er sein ganzes Leben hindurch mit dem Schatten in ihm gekämpft hat, noch ein gewöhnlicher Mann. Aber er hat mir eine heroische Welt hinterlassen, eine unendliche und labile, undurchschaubare und wimmelnde Welt voll mit Fallgruben und Kulissen, mit Rändern und Fluchtlinien, auch mit Monstern und Gespenstern, die mehr oder weniger entgegenkommend sind, und mit dieser Welt den Wunsch, sie abzuschreiten und in Sprache zu fassen.

Clown

Ich bin fünf oder sechs Jahre alt und mit meinem Vater in den Ferien bei seinen Eltern in Soissons. Mein Großvater empfängt seine Patienten in seiner Praxis hinten im Garten, meine Großmutter ist mit ich weiß nicht mehr was beschäftigt, ich bin allein, ich langweile mich. Plötzlich kommt mir eine Idee. Ich hole aus dem Badezimmer den Lippenstift meiner Großmutter und fange an, meinen Vater anzumalen: zwei Kreise auf die Wangen, einen anderen auf die Nasenspitze. Ich nehme seine Hand und sage zu ihm du bist ein Clown-Papa, komm, ich führ dich vor. Gemeinsam treten wir auf die Straße hinaus und setzen uns im reifen Licht des Sommernachmittags auf die Türschwelle. Er ist im Profil, mit dem Finger verteile ich die Farbe auf seiner linken Wange, er lässt es sich mit einem müden und gequälten Lächeln gefallen. Ich blicke ihn an und empfinde Scham, Kummer und Freude. Plötzlich taucht meine Großmutter auf, diese kleine elegante und maßvolle, immer gut gekleidete, geschminkte und frisierte Frau, ich höre zum ersten Mal, dass sie die Stimme hebt, und in einem Ton, der keine Widerrede duldet, befiehlt sie mir, sofort aufzuhören damit und ins Haus zu gehen.

Fünfundzwanzig Jahre später, meine Großmutter ist schon seit langem tot, ist mein Vater wieder nach Soissons zurückgekehrt, um dort zu leben oder vielmehr nicht mehr zu leben. Er ist mit seinem Vater in eine Wohnung gezogen. Nach dessen Fortgang und Tod einige Monate später hat er sich in eine Klinik einliefern lassen, die genau gegenüber dem Haus liegt, in dem er aufgewachsen ist. Damals hat seine große Umnachtung begonnen.

Ich nahm mir Taxis, um die Umgebung nicht allein wiederzusehen, ich spendierte Runden für die Stammgäste in den Bars, damit man ein paar Worte mit mir wechselt, ich wartete auf einer sonnigen Terrasse aus ich weiß nicht welchem Grund auf ich weiß nicht wen. Ich hatte meine Identität verloren (und übrigens auch meinen Ausweis). Das Recht, das mich so begeistert, hatte nicht ausgereicht, um mich wieder an meine Staatsbürgerschaft zu erinnern. Ich war »out of laws«. Ich setzte mich vor den Justizpalast, in dem ich einst ein Praktikum absolviert hatte. Eines Tages habe ich mir einen Besen gekauft und die Stufen des Palastes gefegt. Jedes Alter hat seine eigenen Freuden, heißt es. Und die unbewusste Freude, in der Stadt, in der mein Vater Karriere gemacht hatte, den Clown zu spielen, zeugte von meiner Traurigkeit (Clowns sind angeblich traurig). Ich empfand nicht das geringste Vergnügen, diesen Clown zu spielen, und ich denke, kein gesellschaftlicher Kodex geht auf den Kummer ein, der verrückt macht.

Mein Vater liebte Scherze, blöde Witze und Wortspiele, (»Un cheval croise saint Thomas sur son chemin et l'avale d'un coup; le Christ qui passe par là lui dit ›laisse Thomas dans l'étalon‹«*: blöd, oder? und er lachte begeistert). Er mochte keine Tragödien. Er besaß auch ein wirkliches Talent zur Imitation: Er konnte alle Akzente und alle Tierlaute bestens nachmachen. Ich schließe daraus, dass er mich zum Lachen brachte, als ich ein Kind war. Ich sehe ihn vor mir, wie er, bereits sehr krank, mit meiner Tochter, die noch ein Baby war, spielte und mit

* der Kalauer beruht auf einer Homophonie: »avoir l'estomac dans les talons« (=einen Mordshunger haben) wird genauso ausgesprochen wie »laisse Thomas dans l'étalon« (lass Thomas im Hengst)

ihr mitlachte ohne Anstrengung, ohne Distanz, ohne diese gezwungene und herablassende Art der Erwachsenen, die Kind spielen, als ob sie in ihm einen sehr lebendigen und sehr willkommenen Anteil an Stumpfsinn, Unordnung und Komik weckten. Er trat leidenschaftlich gern ins Fettnäpfchen. Einmal hat er eine wichtige Sache vor Gericht mit einem Kleiderhaken vertreten, der auf seinem Rücken von seiner Robe herabhing. Nichts liebte er mehr als diese unfreiwilligen Abweichungen, diese erlaubten Ausrutscher, die Sand ins gesellschaftliche Getriebe streuen, auf das er sonst so bedacht war. Am Ende seines Lebens sah er sich in seinem kleinen weißen Zimmer am liebsten als Mönch und Gelehrten, als Mann im Schatten und auch als Clown:

Meine Enkelin ist am Sonntag in den Zirkus gegangen, und ich habe mir gedacht, »warum denn nicht Clown?«. Das ist gesellschaftlich nicht inakzeptabel. In einem hübschen kleinen Wohnwagen von Stadt zu Stadt ziehen, die Kinder zum Lachen bringen und bis zum nächsten Morgen durchschlafen. Aber das ist ein Phantasma, ich weiß es, auch wenn ich früher als Rechtsanwalt in einer Schublade meines Schreibtischs eine Clownsnase aufbewahrt habe: Wenn mir ein Kunde Märchen aufgetischt hätte, hätte ich sie aufgesetzt und zu ihm gesagt: »Halten Sie mich für einen Clown?« Ich habe es nie getan: Mit solchen Methoden verliert man seine Klientel und schadet seinem Ruf.

Diese Clownsnase in seinem Schreibtisch war, gleichsam wie ein Springteufel in seiner Kiste, sein heftiger Wunsch, die gesellschaftlichen Regeln umzustoßen und sich über alles Würdevolle lustig zu machen. Aber er ließ sie tief hinten in der Schublade ruhen und spielte im grauen Anzug den Rechtsanwalt, bearbeitete seine Akten und empfing seine Kunden, eingeschnürt in das Korsett von Ruf und Stand, die es zu wahren galt. Er spielte seine Rolle, er übernahm die Attitüden und die Sprechweisen seines Umfelds, der Juristen, Senatoren und Machthaber, aufgeblasen vor Wichtigtuerei und starr vor Selbstgefälligkeit. Er tat es genauso talentiert und genauso wandlungsfähig – mit dieser Unbeständigkeit, in der Aristoteles das Merkmal des Melancholikers sieht – wie er, als ich ein Kind war, das Muhen der Kühe und das Quieken der Schweine nachgemacht hatte. Oft habe ich in seiner Stimme den Tonfall oder auf seinem Gesicht die Miene des einen oder des anderen konservativen Politikers entdeckt, der am Vorabend im Fernsehen zu sehen war. Aber das war nicht selbstverständlich, das war nicht er. Da war etwas Schwankendes, eine Distanz, etwas Unglaubwürdiges. Er spielte die Rolle, ohne in sie hineinzuschlüpfen. Er gab den Vertreter des Gesetzes, aber er war *out of laws*. In seiner Familie spielte man nicht mit den gesellschaftlichen Regeln. Man scherte sich auch nicht darum, sie zu rechtfertigen. Man erbte sie, und man gab sie weiter. Man war bürgerlich, ohne die Proletarier zu verabscheuen, katholisch, ohne zu glauben, wohlhabend ohne Gier, gebildet ohne Neugier. Die Hauptsache war, das Gesicht zu wahren oder vielmehr den Schein (die glänzenden Möbel im Haus meiner Großmutter, die großen Spiegel mit dem Widerschein ihres schönen Gesichts, die matt glänzende Wohnung im siebten Arrondissement, in dem sie später das Elend ihres Sohnes beherbergt hat). In der Psychiatrie gibt es eine Krankheit, die als Krankheit des *als ob* bezeichnet wird. Diejenigen, die an ihr leiden, tun, *als ob* sie nicht krank wären, *als ob* alles normal wäre, *als ob* es so etwas wie Normalität gäbe. Diese Krankheit des *als ob* ist in gewisser Hinsicht die der Bourgeoisie: Es war jedenfalls die meiner Familie väterlicherseits wie auch die der Eltern von Fritz Zorn (ich habe *Mars* im Bücherschrank meines Großvaters entdeckt). Zorn ist an Krebs gestorben, mein Vater an der Melancholie; aber ich sage mir manchmal, dass er daran gestorben ist, dass er die Krankheit des *als ob* nicht gehabt hat; daran, dass er nicht immer so tun konnte oder wollte, *als ob* alles in Ordnung wäre, *als ob* alles einfach wäre, *als ob* das, was Zorn das »Komplizierte« nennt (Sex, Politik, Religion, Ideen, aber auch diese düsteren und prachtvollen Erschütterungen, durch die eine Person sich bildet oder ein Leben sich entscheidet), immer dem Schweigen oder der Vorsicht anheimfallen sollte. Wer weiß, ob ihn diese Clownsnase, hätte er sie einmal getragen, nicht doch gerettet hätte?

Einmal hat er im Sommer, ich war vielleicht sieben oder acht, meine Schwester drei oder vier, einen Planwagen gemietet, ein altes klapperndes Ding mit einer Plane, das von einer alten Stute, die Câline hieß, gezogen wurde, einen richtigen Planwagen für Zirkusleute. Wir sind zu einer Fahrt aufgebrochen, ich weiß nicht mehr wo, in den Cévennen, glaube ich. Wir zogen sehr langsam über kleine, von Wiesen und Wäldern gesäumte Bergstraßen, abends hielten wir in einem Gasthaus und brachten die Stute auf die Weide, und morgens brachen wir in der lauteren Luft wieder auf, meine Schwester und ich schleckten auf der Kutschbank in unseren Latzschlaghosen und unseren bunten Blusen Eis und sangen lauthals die Lieder, die er uns beibrachte, Brel, Brassens, er ging vor der Stute her mit einem Eimer Wasser oder ein wenig Heu, um sie weiterzubewegen, und lachte mit uns, sobald sie stehen blieb. Das war Ende der siebziger Jahre, er war jung und schlank, er trug einen Schnurrbart und eine Jeansjacke, und ich frage mich, ob er nicht seine Gitarre mitgebracht hatte, ich erinnere mich jedenfalls daran, dass in dieser Woche alles gelungen war, und an meine besorgte Freude und meine Ungläubigkeit.
Vielleicht hatte er gerade das nötig: den Anker zu lichten, die Taue zu kappen, sich den Blicken zu entziehen und sich auf den Weg zu machen in Gesellschaft einer alten trägen Stute

und zweier vergnügter und nachlässig gekleideter kleiner Mädchen. Von seiner Maske aber ließ er nicht ab, es sei denn, sie ließ nicht von ihm ab. Als ich erfahren habe, dass Maske auf lateinisch *persona* heißt, habe ich sofort an ihn gedacht. Einen Augenblick lang verstand ich, so schien mir, seine Angst vor den gesellschaftlichen Regeln, vor der Ordnung, den Hierarchien. Wenn er sich so sehr damit abplagte, den Erwachsenen zu spielen, dann vielleicht, weil hinter seiner Maske niemand war: und dieser Niemand war nicht die rettende und listige Anonymität des Odysseus, sondern ein Vakuum, eine klaffende Leere. Hätte er die Maske abgestreift, hätte man vielleicht erkannt, dass *der König nackt ist.*
So habe ich meinen Vater gesehen, entblößt, entthront, gestürzt, meinen Vater, der zu *nichts und wieder nichts* geworden war, meinen Vater, *befreit von dem Abszess, jemand zu sein.* Es war in den letzten Jahren, während seines letzten Aufenthalts in der Psychiatrie: diesmal in einem wirklichen Spital, nicht in einer dieser Drei-Sterne-Kliniken, in denen müde Professoren vor dem Sommer eine beginnende Depression behandeln. Nun war keine Rede mehr davon, sich auf eine sonnige Terrasse zu setzen oder die Umgebung im Taxi zu besichtigen. Er war, wie man so sagt, in einer »geschlossenen Anstalt«. Wollte man ihn besuchen, musste man an einer Tür mit einem kleinen Milchglasfenster klingeln und warten, bis ein Krankenpfleger hinter seinem Schalter mich und meine Schwester identifiziert hatte; man hörte das Klicken des elektronischen Schlosses und betrat einen Saal, der in kranken Farben ausgemalt war, blassgelb oder chlorophyllgrün, in dem Patienten in Hausschuhen durch eine Rauchwolke hindurch lautlos bis zum Fernseher schlurften. Die Blicke richteten sich auf uns, diese zwei Mädchen, die wie ein indiskretes Parfum die Luft von draußen mitbrachten, die Luft des Lebens und der Gesundheit, ich vermied es, die Blicke zu erwidern (einmal jedoch habe ich einen

Jungen wiedererkannt, mit dem ich im Gymnasium war, einen großgewachsenen dünnen Dunkelhaarigen mit Brille und einem Kindergesicht, ich habe ihm zugenickt, er hat mir nicht geantwortet. Mein Vater hat mir später gesagt, dass er mich auch erkannt hatte, aber nicht darüber sprechen wollte). Ich schämte mich, ich schämte mich für unsere sichtbare Gesundheit, unsere sichtbare Normalität, unsere Kleider, die wir doch für ihn ausgewählt hatten, um ihm Ehre zu machen, um ihm eine Freude zu machen, vielleicht auch, um ihm zu bedeuten, dass es uns gut ging, dass wir zurecht kamen, und um uns vor all dem zu schützen, den schmutzigen Wänden, der trostlosen Vorstadt, den Pyjamas und den Hausschuhen; wir waren beide mager, still, wir sahen mitgenommen drein, wir klammerten uns wie die Kranken an unsere Zigaretten, aber ich fand uns laut, arrogant und aufdringlich. Mein Vater war nicht im Gemeinschaftssaal. Er war der Patient im hinteren Zimmer. Eine lebhafte und rundliche Krankenschwester führte uns zu ihm. Er stand in einem kahlen Zimmer mit Fenstern, die auf einen Garten und in der Ferne auf die Seine hinausgingen. Als ich eintrat, wollte ich sie als erstes öffnen, aber sie waren verriegelt. Kein Spiegel, keine Fotos, keine Bücher, keine Blumen, in einer Ecke lagen aufgestapelt und noch in Plastik eingeschweißt die Zeitschriften, auf die ihn meine Mutter abonniert hatte. Er stand neben seinem Bett, er trug einen schwarzen Rollkragenpullover und eine graue Flanellhose, die von seinen Hüften schlotterte, seine Füße waren nackt. Man hatte ihm seinen Gürtel abgenommen wie den Häftlingen. Wir hatten ihn in all den Jahren dick gesehen, aufgedunsen von den Medikamenten. Er war mager, schreckenerregend mager, beinahe nicht mehr da. Er wirkte auch kleiner. Wir haben uns angeblickt, und in seinen Augen war keine Angst, keine Hilflosigkeit und auch keine Leere, sondern eine absolute Nacktheit.

Disparu — Abgetreten

Als mein Vater gestorben ist, war er schon seit langem verschwunden. Seit langem schon hatte er sein Verschwinden organisiert, hatte er »*die Seinen ohne ihn dastehen lassen*«. Seit langem schon sprach man über ihn nur mit gedämpfter Stimme.

Ich erwähne also den Selbstmord, die Sünde des Feiglings, der die Seinen ohne ihn dastehen lässt. Zunächst einmal habe ich alle meine Veröffentlichungen in die Universitätsbibliothek bringen lassen, damit sie als eine posthume Spur von mir bleiben. Dann habe ich schnell und freudlos mein kleines Erbe verprasst, sodass ich anschließend verschuldet leben musste. Dann beendete ich meine Vorlesungen an einer großen Wirtschaftsuniversität, meine Vorträge an der École Nationale de l'Administration usw. Es kam vor, dass ich einen Teil der Nacht auf einer Parkbank verbrachte, nicht betrunken, aber auf der Flucht vor meiner Wohnung und meinem Schreibtisch. Ich ging auch mitten auf der Fahrbahn, um überfahren zu werden. Ich ging nachts zur Seine, um sie zu betrachten und mich hineinzustürzen. Ich trieb mich in den riskanten Gegenden der Stadt herum. Auf diese Weise – übergehen wir die Details – brachte mich ein Rettungswagen einmal bis zu einer psychiatrischen Klinik in der Stadt meiner Kindheit. In einer Augustnacht zog ich mich aus, sprang ins Wasser und suchte in den Wirbeln den Tod. Er kam nicht. Enttäuscht kehrte ich zum Ufer zurück, dort, wo die Lastkähne waren, und eine hilfreiche Hand zog mich heraus.

Wir haben dennoch in all diesen Jahren weitergelebt, meine Schwester und ich. Da waren Männer, die es zu lieben galt, Länder, die es zu entdecken galt, Kinder zu zeugen, Bücher zu schreiben. Mein Vater hat das Ufer in dem Moment verlassen, in dem mein Leben als Erwachsene begann. Er ist mir gerade lange genug nah geblieben, um meine Entscheidungen zu begleiten. Ich bin aus England zurückgekehrt, wo ich einige Jahre gelebt hatte, und auf einmal habe ich einen Vater wiedergefunden, einen Vater, wie ich ihn seit meiner frühen Kindheit nicht mehr erlebt hatte. Er wohnte nicht mehr bei seinen Eltern, er war mit seiner Freundin in eine etwas düstere, etwas traurige, aber liebevoll eingerichtete Wohnung gleich in meiner Nähe in der Rue Notre-Dame-des-Champs gezogen, er arbeitete. Kurz, mein Vater lebte sein Leben, mein Vater ließ sich häuslich nieder, mein Vater wurde autonom, ich brauchte mir keine Sorgen mehr um ihn zu machen, jetzt war ich an der Reihe, all das zu tun, ich würde vielleicht aufhören, zwischen mehreren Männern, mehreren Ländern zu leben, und hierbleiben. Oft trafen wir uns zum Mittagessen in der Nähe des Jardin du Luxembourg im Rostand, dort, wo ich ihn in den Jahren meiner Pubertät aufgedunsen gesehen hatte, erschöpft, ungepflegt, mit schmutzigen Haaren und unreiner Haut, während er ungeschickt ein Sandwich aß und dazu ein Glas Cola trank, seine Kleider befleckte und sein Schweigen nur brach, um mir mit belegter Stimme seine Ängste und seine Sorgen zu schildern. Und auf einmal hatte ich einen reifen, eleganten, selbstsicheren Mann vor mir, der mir von seiner uruguayischen Lebensgefährtin erzählte, von ihren Wochenenden am Meer in La Baule und in Dinard, und mich mit seinem Egoismus erfreute. Auf einmal war er es, der wissen wollte, wie es mit mir stand, sodass ich es natürlich selber nicht mehr wusste, und übrigens weiß ich es noch immer nicht, aber wenn alles zu konfus ist, kommt es vor, dass ich die aus diesem Jahr stammende Erinnerung an seinen Blick wachrufe, an seine Stimme und an eine Frage, die er mir gestellt hatte, nur eine Frage, die aber eine Aufforderung war, genau zu benennen, was ich war, was ich wollte und welche Form mein Leben annehmen sollte. Wenn ich in diesem Jahr »mein Vater« sagte, dann *hielten* die Wörter *stand*, ich kann es nicht anders ausdrücken, ich hatte den Eindruck, dass ich dieselbe Sprache sprach wie die anderen, dass ich eine allen gemeinsame Welt bewohnte (während ich gewöhnlich, wenn ich diese Wörter aussprach, eine unüberwindliche Kluft sich auftun sah zwischen dem, was sie bei anderen wachrufen mussten, der Vorstellung, die sie sich machen mussten anhand des Bildes, das ich mühsam projizierte, eines möglichst glatten, möglichst unschuldigen, möglichst transparenten Bildes, um eben diese Kluft, diese unüberwindliche Kluft zwischen den Wörtern der anderen und meiner Privatsprache zu überdecken: »mein Vater«, das heißt mein Wahn, meine Not, mein Irrer, mein Andersartiger, meine Trauer, mein Verschwundener).

Einmal hat sich, als wir auf der Terrasse im Café Rostand saßen, ein Junge, den ich ein wenig kannte, der Sohn eines berühmten Schriftstellers, eines bei Frauen und im Leben erfolgreichen Mannes, an den Nebentisch gesetzt. Mein Vater hat ihn lächelnd gegrüßt und ist dann aufgestanden und gegangen, um seine Vorlesung an der Sorbonne zu halten. »Wer ist das?«, hat mich mein Freund gefragt und dann gesagt, »dein Vater, wirklich«? Sehr schnell habe ich gedacht, er wundert sich, weil ich blond bin und mein Vater sehr dunkelhaarig, weil er einen dunklen Teint hat, weil ich ihm nicht ähnlich sehe, und dann habe ich das Thema gewechselt (glatt sein, transparent und unschuldig, die anderen zum Reden bringen, wie die anderen reden, um nicht über mich zu reden). Ich habe mich so verhalten wie der Junge, den ich in der Psychiatrie gesehen hatte: Ich habe mit aller Kraft die Kluft zwischen der gewöhnlichen

Welt und der geheimen, in der ich mit meinem Vater lebte, geschlossen.

In diesem Jahr, dem Jahr, in dem mein Vater wieder zur Realität zurückgefunden hat, haben wir zum ersten Mal seit langem wieder gemeinsam Ferien gemacht (vor zehn Jahren hatte er uns, meine Schwester und mich, in den kleinen spanischen Hafen mitgenommen, in dem er als Jugendlicher glorreiche Sommer damit verbracht hatte, in menschenleeren kleinen Buchten zu schwimmen und barfuß auf dem Strand zu tanzen. Der kleine Hafen war nur mehr ein lärmender und überfüllter Betonklotz. Wir wohnten in einem noch unfertigen Gebäude weit vom Meer entfernt, meine Schwester lag mit einer beidseitigen Ohrenentzündung im Bett, während im Nebenzimmer mein Vater und seine damalige Lebensgefährtin, eine unwirsche, blonde, spitznasige und breithüftige Hautärztin aus Bordeaux, ununterbrochen stritten und ich, auf Betonziegeln sitzend, um das Meer zu sehen, die *Mémoires d'outre-tombe* von Chateaubriand las. Meine Schwester und ich hatten einander geschworen, dass das das letzte Mal war). Wir sind im Mai auf die Belle-Île gefahren. Ein Haus erwartete uns, ein altes Haus mit einem großen Garten mit Hortensien und Rosensträuchern, der sachte zu einem kleinen Fjord hinunterführte. Die Sonne flutete durch die Glastüren herein, morgens ging ich sehr früh im kalten Wasser schwimmen, ich fuhr mit dem Fahrrad die Küstenwege ab, die nach Salz und Honig rochen, ich legte mich auf die Heide zwischen Strandfenchel und Fetthennen, abends gingen wir zum Essen in den Hafen: Es ist möglich, dass ich meinen Vater in dieser Woche schlank, lächelnd und entspannt gesehen habe, im Garten unter den Hortensienbüschen und den Rosensträuchern sitzend und neben ihm seine uruguayische Lebensgefährtin, ebenfalls blond und Ärztin, aber fröhlich und schrullig, und ihren Hund, einen Golden Retriever, bei dem im Kopf etwas nicht stimmte und den sie für teures Geld von einem Hundepsychologen behandeln ließen, aber das war nicht schlimm, solange nur der Hund verrückt war, war alles in Ordnung.

Dann hat mein Vater seine Mutter verloren, er ist mit seiner Lebensgefährtin wieder zu seinem Vater in die kleine matt glänzende Wohnung in der Rue de Grenelle gezogen, die fröhliche blonde Uruguayerin ist ebenfalls gegangen und mit ihr der Hund, mein Vater hat eine andere, noch blondere, noch hübschere und noch verrücktere Frau kennengelernt. Sie war die Mutter zweier kleiner Mädchen, deren Altersabstand drei Jahre betrug wie bei meiner Schwester und mir. Ich erzähle ihnen oft von euch, sagte mir mein Vater, sie sind witzig, stell dir vor, im Spiel heißen sie immer wie ihr. Einmal rief ich ihn bei seiner neuen Freundin an (ich hatte gerade erfahren, dass ich mit meiner ersten Tochter schwanger war), das ältere der beiden Mädchen hob ab. Ich nannte ihr meinen Namen oder vielmehr meinen Spitznamen, denjenigen, den mein Vater für mich ausgewählt hatte, als ich ein Baby war: Ich bin Lou, und du? Ich bin Lou, antwortete sie mir, und meine Schwester heißt Lili (das war der Name, den man meiner Schwester gab). Kurz danach hat mir mein Vater angekündigt, dass er sie adoptieren wolle. Einige Wochen später wurde er in die Klinik eingeliefert.

Wir haben dennoch gelebt in all diesen Jahren, meine Schwester und ich, ich weiß nicht, wie, irgendwie, schlecht und recht. Ich habe eine Tochter bekommen, ich habe weiterhin unterrichtet, während er dazu nicht mehr imstande war, ich bin in eine große Wohnung voll mit Büchern und Licht gezogen, während er mit dem Koffer in der Hand von Klinik zu Klinik wanderte, ich habe Romane veröffentlicht und geschrieben, wie er es jeden Morgen tat. Aus diesen Jahren fallen mir bunt durcheinander ein paar Szenen wieder ein: Dieser Tag im Oktober, an dem er beim gemeinsamen Mittagessen beschlossen hatte, wieder zu unterrichten, und am Ende der Mahlzeit entdeckte er in großer Panik, dass er seine Brieftasche verloren hatte, ich beruhigte ihn, begleitete ihn bis zur Uni, umarmte ihn und ließ ihn zurück, einige Minuten später machte ich besorgt kehrt, lief bis zum Panthéon und suchte auf den Gängen der Uni nach seinem Hörsaal, bis man mir sagte, nein, er sei nicht gekommen, niemand hätte ihn gesehen; dieser Winterabend, an dem sehr spät das Telefon geklingelt hat; ich hob mit meinem Baby auf dem Arm ab; ein Psychiater am anderen Ende sagte mir, er sei bei meinem Vater, ich solle ihn daran hindern auszugehen, zu trinken, und wegzufahren, sonst könne er für nichts garantieren; dieser Tag, an dem ich meiner Mutter gestand, dass ich einfach nicht mehr konnte, dass ich es nicht mehr schaffte, dass ich nicht mehr wusste, wie ich damit leben sollte, und dann auch dieser Tag, an dem mein Großvater mir kurz vor seinem Tod sagte, ich solle jetzt an mich denken und ich könne nichts mehr für ihn tun. So ging das Leben weiter, dieses Erwachsenenleben, in das ich mit seiner Hilfe eingetreten war, um welchen Preis, das weiß ich nicht, wie viel galt es zu vergessen, wie sehr galt es sich zu panzern, wie schwer war die Last, ich kann es nicht ermessen, vielleicht schlicht und einfach genauso wie in jedem Leben, das weitergehen will, dieselbe brutale Hartnäckigkeit, die ein jeder an den Tag legt, um an einem auf dem Bürgersteig liegenden Clochard vorüberzugehen ohne stehenzubleiben, um seinen üblichen Geschäften nachzugehen, sobald man die Zeitung hingelegt hat, allerdings mit dem Unterschied, dass das Unglück, die Verwahrlosung oder die Angst mir unendlich näher waren, abstrakt erschien mir das Übrige, diese Oberfläche, die auch ich zu wahren gelernt hatte, was für eine Energie, um glatt zu wirken, normal und konform, um das Chaos zu verschleiern und mein Geheimnis zu verschweigen, und zwar so sehr, dass mein Spiel (wie einst seines), ich wusste es, ein wenig forciert war, ich hatte fortwährend Angst (nach der Schule, bei Einladungen zum Abendessen), mich zu verraten, dieses Erwachsenenleben, das ich mich zu weben bemühte, trug ich wie ein dünnes, ganz dünnes Kleid, das ganz leicht zerreißen konnte. Nur das Kind beruhigte mich, weil sein Bewusstsein, wie ich mir einredete, nicht über diese kleine Insel hinausreichte, auf der wir uns aneinanderschmiegten, und ich selber in seinen Augen nur eine Anwesenheit ohne Tiefe, ohne Geschichte und ohne Kindheit war.

Dennoch lebte, wohin ich auch ging, ein Teil von mir mit ihm im Schatten. Ich habe in diesen Jahren einen Roman über das Gefängnis geschrieben. Ich habe Briefe von Häftlingen bekommen, die mich fragten, wo ich inhaftiert gewesen sei, und an einem Abend auch einen Anruf von ihm: Du weißt, hat er zu mir gesagt, ich habe in dem, was du schreibst, so manche Dinge wiedergefunden, die ich kenne. Nach seinem Tod habe ich das Exemplar, das ich ihm gewidmet hatte, aufgeschlagen. Unter den letzten Satz »Pierre der Stern aus Blut rings um deinen Kopf» hat er wütend mit dem Kugelschreiber hingeschrieben: »NEIN!«

Zum letzten Mal lebend gesehen habe ich ihn in einem kleinen Restaurant unweit des Friedhofs Père-Lachaise an einem wolkenverhangenen Tag im Februar. Meine Tochter wollte zum Grab ihres anderen Großvaters, der im Jahr zuvor gestorben war. Ich war müde an diesem Tag, ungehalten über das Lärmen des Kindes, angsterfüllt angesichts der bevorstehenden Begegnung zwischen ihr und ihrem toten Großvater, irritiert auch, weil mein Vater auch diesmal nicht genug Geld für sein Essen dabei hatte, weil er auch diesmal nur von sich sprach, weil ich den Eindruck hatte, auf zwei Kinder aufpassen zu müssen. Ich hörte ihm zerstreut zu, als er von seinen gesundheitlichen Problemen erzählte, von seinen unsinnigen Plänen (ein Schriftsteller zu werden, Psychoanalytiker oder »Coach«: schon allein dieses Wort brachte mich noch mehr auf die Palme als die wahnhafte Illusion, die dahinterstand und die mich in Wirklichkeit – aber ich konnte mir nicht den Luxus leisten, es mir einzugestehen- erschütterte, denn mein Vater beabsichtigte, um ein wenig Geld zu verdienen und sich nützlich zu machen, eine Praxis aufzumachen und, wie er selbst sagte, zu einem »guten Ratgeber« zu werden und Lebensweisheiten zu lehren). Ich habe ihn an diesem Tag nur unklar in Erinnerung. Ich weiß nicht mehr, ob er seinen Regenmantel trug oder seine dicke Lederjacke und auch nicht, ob er seinen Hut und seinen Stock dabei hatte, mit denen er aussah wie ein betagter Greis. Ich erinnere mich, dass er von einem vage mit mir bekannten früheren Model sprach, die nun eine Sängerin geworden war und die er schön fand, ich spürte, dass er das sagte, um mich milder zu stimmen, aber das hat mich noch mehr genervt, und ich habe nicht einmal versucht, es zu verhehlen. Ich stand ununterbrochen auf, um dem Kind nachzulaufen, das in die Küche wollte und sich unter den Nachbartischen versteckte, und nutzte das aus, um es ihm gleichzumachen, davonzulaufen, mich zu verstecken. Ich schaffte es nicht, ihm gegenüber sitzen zu bleiben, einfach mit ihm da zu sein, er hatte sich gleichsam schon aufgelöst in der Müdigkeit, in der Gereiztheit, im Stimmengewirr. Vielleicht dachte er an diesem Tag, dass ich ihn tot mehr lieben würde als lebendig. Er hat uns im verhangenen, bleigrauen Licht bis zum Eingang des Friedhofs begleitet. Ich hatte keine Sekunde begriffen, dass wir es waren, die ihn begleiteten. Ich habe ihn zärtlich umarmt, damit er mir meine schlechte Laune verzeiht. Ich habe ihm nicht nachgeblickt.

Enfant Kind

Es ist ein kleines viereckiges Lederalbum mit zerrissenem Einband und geknickten Ecken. Auf dem Deckel streckt ein mit Aquarellfarben gemalter kleiner Junge in einem hellblauen Spielhöschen den Arm zu einem Strauch aus, an dessen Fuß Klatschmohn wächst. Daneben steht in großen, runden naiven Buchstaben im selben Blau »mein Sohn …«. Auf den Schwarzweißfotos mit dem gezackten Rand ist ein dunkelhaariges Baby zu sehen, das mit gesenktem Blick sehr ernst seine ersten Schritte im klaren Meerwasser macht; gestützt wird es von einer schlanken jungen Frau in einem Badeanzug mit Blumenmuster, deren ebenfalls sehr dunkles Haar in dicken Zöpfen oberhalb der Ohren festgesteckt ist; dann dasselbe Baby, ein wenig älter, in einer Art weißem Burnus, dessen Kapuze sein Gesicht halb verdeckt, es sitzt sehr aufrecht und sehr würdig in einem Kinderwagen und blickt stirnrunzelnd in die Kamera; auf einem Strand im Süden steht das Kind in einem gestreiften Spielhöschen und demselben kleinen weißen Kapuzenmantel auf seinen dünnen Beinen, es kommt mit dem Sandeimer in der Hand lächelnd die Düne herunter. Ein Foto folgt aufs andere, ungefähr eines pro Jahr, ein kleiner Junge in einer karierten kurzen Hose hockt neben seiner älteren Schwester unter einem behelfsmäßigen Zelt und trinkt aus seinem Fläschchen. Er drückt die Pfote eines Schäferhundes, der zweimal so groß ist wie er, und hält ihm mit einem großen herausfordernden Lächeln einen Ball hin; er steuert alle möglichen Fahrzeuge, ein winziges Schaukelschiff, ein Sandflugzeug, ein Boot, dessen Ruder er gemeinsam mit einem anderen Kind hält, ein anderes mit einem roten Segel, das er diesmal allein steuert, er sitzt mit einem Siegeslächeln an der Pinne, ein Motorrad, das vor einer Tafel mit der Inschrift »*Prohibido el paso*« steht, ein schwarzes Pferd. Er ist größer geworden, man hat ihn in der Pfadfinderuniform und im langen weißen Gewand des Erstkommunikanten gesehen, er ist vielleicht achtzehn oder neunzehn Jahre alt, sein Haar ist immer noch sehr dunkel und kurz geschnitten und er trägt wieder weiße Kleidung. Dann richtet er lächelnd und mit einer Zigarette im Mundwinkel wie ein Fechter einen Regenschirm auf einen Baumstamm: Er spielt den Clown, mit halb geschlossenen Augen, er ist schlank, elegant, er sieht aus wie ein leichtsinniger und sorgloser junger Bourgeois (da das Foto in der Nacht aufgenommen wurde, kann man sich vorstellen, dass er leicht beschwipst von einem Abend mit Freunden kommt und die Mädchen zum Lachen bringen will). Das nächste Foto wurde vermutlich am selben Tag aufgenommen: er trägt dieselbe Hose, dasselbe weiße Hemd, aber er ist nicht mehr derselbe; an die Wand einer Blockhütte gelehnt, presst er einen Regenschirm an sich, der Griff drückt auf seinen Hals. Er lächelt nicht mehr, er versucht nicht mehr, Eindruck zu machen. Der Kopf ist geneigt, die Schultern hängen, sein Blick ist sonderbar, schräg, düster, argwöhnisch, nach innen gewendet, und er zieht ein schiefes Gesicht. Am selben Abend oder in derselben Nacht sitzt er einige Stunden später vor derselben Holzhüttenwand unter einer Hängelampe, die ihn grell anstrahlt. Er ist sehr schön, das Gesicht ist ein wenig eingefallen, der Blick ist hell, die schwarze Haarsträhne ist zerzaust, in seinen Augen und um seine Mundwinkel liegt etwas Bitteres und Aufgewühltes. Neben ihm sieht man das blonde Haar, das Oval und die perfekt geformten Brauen eines weiblichen Gesichts, das nicht das meiner Mutter ist.

Und dann nichts mehr. Dutzendweise leere Seiten, manche zerfetzt, als ob man die dort klebenden Bilder herausgerissen hätte. War meine Mutter darauf zu sehen, ihre Hochzeit, meine Schwester und ich als Kinder? Am Ende des Albums finde ich allerdings dieselben Fotos mit dem Baby, dem Strand und den Schiffen wieder. Ich weiß nicht, wer (er oder seine Mutter) die Jahre umkehren, den Film von hinten beginnen und ein Wachstum in die Gegenrichtung fabrizieren wollte. Ich weiß jedoch, dass diese peinliche Inszenierung die Wahrheit meines Vaters besser wiedergibt als eine auch noch so getreue Chronologie. Einen Nachklang davon finde ich in dem, was er geschrieben hat:

Ewiges Kind von fünf Jahren, zuhause ein Kind, draußen ein Held: eine wohlbekannte Dualität, die manchmal am Ursprung einer manisch-depressiven Psychose steht.

Mein Vater war fünf Jahre alt. Mein Vater ist immer nur fünf Jahre alt gewesen. In seinem Text wiederholt er es, er hat Angst, man könne es vergessen:

Vergesst nicht, dass ich fünf Jahre alt bin! (oder fünfeinhalb).

In diesem Alter hat er meine Mutter kennengelernt. Er hat sie erobert, weil er ununterbrochen den Clown gespielt hat und weil er ein sehr guter Rollschuhläufer war. Ich bin daraus hervorgegangen, aus der Liebesgeschichte zweier Kinder. Diese ewigen fünf Jahre lagen schon hinter mir, als man mir diese Geschichte erzählt hat, sodass ich die beiden, das blonde Mädchen mit den schwarzen, unerklärlicherweise mandelförmigen Augen und den sehr dunkelhaarigen kleinen Jungen, der auf dem Platz vor der Kathedrale stolz auf seinen Rollschuhen dahinfuhr, mit der amüsierten Überlegenheit, mit dem leichten Mitleid der älteren Kinder für die jüngeren betrachtete. Aber es war auch, als ob die Kindheit ihnen gehörte, als ob sie vollständig in dieser ersten Szene enthalten wäre, ein Sonntagvormittag nach der Messe in einer Kleinstadt in der Provinz, das Mädchen mit den blonden Zöpfen, das die Hand seiner Mutter hält und sich langweilt, während man unter Nachbarinnen die Neuigkeiten der Woche austauscht, und auf einmal ist da dieser Junge, dieser kleine, nervöse und dunkelhaarige Junge, der sehr rasch auf seinen Rollschuhen vorbeifährt, sich auf einmal umdreht und eine Grimasse schneidet, und die Kleine wird herausgerissen aus ihrer Langeweile, lacht los und beschließt insgeheim und hartnäckig, dass sie ihn heiraten wird. Wer könnte so eine Geschichte glauben (dabei haben sie mir beide, ausnahmsweise übereinstimmend, erzählt)? Welcher Platz bleibt in diesem kindlichen Schwur, diesem irren Versprechen, für den Rest eines Lebens, die Jahre, die verstreichen, die Kindheit, die von den Kindern, die man selbst gezeugt hat, endgültig vertrieben wird? Die Märchen enden, wenn die Kinder kommen, sie heirateten, hatten zwei Kinder, und das Märchen war keines mehr. Das griesgrämige kleine Mädchen ist größer geworden, auf den Hochzeitsfotos sind ihre schwarzen Augen noch mandelförmig und leicht verschlafen, sie hat in der Form ihrer Wangen und um die Lippen noch kindliche Rundungen, eine unbestimmte Schlaffheit, aber später steht sie mit einem Baby auf dem Arm da, verfeinert und lebhaft, zur zarten Schönheit einer florentinischen Jungfrau ziseliert, endlich geweckt. Er ist nicht größer geworden. Er hat auch keinen Verrat begangen, er hat treu festgehalten, aber woran? An seiner Kindheit, weil sie der Ort war, an dem seine Mutter und er einander geliebt hatten, oder an meiner Mutter, weil sie der unversehrte Beweis der Kindheit war? Vielleicht hat er in diesen halbgeschlossenen Augen, deren Schwärze etwas von der vagen Mattheit alter Spiegel an sich hat, immer nur den schwankenden Widerschein des kleinen dunkelhaarigen Jungen gesucht, der sich auf seinen Rollschuhen als König der

Stadt und Herr seines Schicksals fühlte und von Panik erfasst wurde, als ihre Augen sich weit genug öffneten, um neben seinem Bild auch das von Großstädten und neugeborenen Kindern aufzunehmen und von Männern, die sich auf anderes verstanden als auf Clownerien, um diese Kinder aus ihrer Erschlaffung und Langeweile zu reißen?

Er war es dann, der die Augen geschlossen hat über diesem Widerschein, der es vorgezogen hat zu schlafen, zu träumen. Ich habe nur wenige Erinnerungen an meine Kindheit, und noch weniger an meine Kindheit mit ihnen beiden (ich war noch keine fünf Jahre alt, als sie sich getrennt haben). Ich erinnere mich nicht mehr an das, was unsere Tage durchzog, Mahlzeiten, Ferien, Gutenachtküsse, Abzählreime oder Spiele, ich erinnere mich bloß an ein alltägliches Ritual, die Art und Weise, wie ich ihn morgens weckte, indem ich mit einer Bürste durch seine Haare fuhr. Aus meiner frühen Kindheit und aus der so kurzen Zeit, in der wir zusammenlebten, erwähnt auch er nur diese eine Szene:

Wenn ich meine ältere Tochter zur Schule brachte, weckte sie mich mit einer Haarbürste und frisierte mich und dann, und dann … eines Tages höre ich meine Gattin lautstark in mein Zimmer treten, die Fensterläden knallend öffnen und zu mir sagen: »Steh auf, ich hab das Gefühl, ich lebe mit einem Kranken.«
Daraufhin war in mir das Gesetz des Schweigens.

Unter den Fotos des kleinen beigen Lederalbums ist eines, das mich ganz besonders rührt oder mir vielmehr vertrauter ist als die andern (die Bilder des braunhaarigen Babys haben etwas Anonymes an sich, die verblichene Ferne aller Familienalben, den melancholischen jungen Mann kenne ich natürlich, ich erkenne ihn wieder, aber an dem, was mir an ihm immer fremd war). Es ist ein Foto, das am Morgen aufgenommen wurde, kurz nachdem er aufgewacht war. Er trägt einen gestreiften Pyjama, sitzt in seinem Bett und liest einen Band Comics. Seine Betttücher, seine Wange sind von der Sonne überströmt, und man weiß nicht, ob es dieses Licht ist oder ein Rest von Schlaf, was ihn blinzeln und die Brauen zusammenziehen lässt. Er posiert nicht, schaut nicht in die Kamera, vermutlich hat er nicht einmal gemerkt, dass er fotografiert wurde. Er ist da, voll und ganz da und gleichzeitig weggetreten, vertieft in die große Einsamkeit und die große Freiheit der Lektüre und des Schlafs. Er ist doppelt so alt wie sein ewiges Alter, zehn oder elf, er ist dabei, sich von seiner Kindheit zu entfernen und auf diesen Wahnsinn zuzugehen, der sich in ihm weigert, diese Kindheit zu verlassen, und diese Geschichten begleiten ihn, diese Geschichten, die er sich sein Leben lang ständig selbst erzählt hat. Die Abenteuer von Prince Éric vielleicht, dem Helden einer im Fürstentum Swedenborg spielenden Comics-Serie, den er zusammen mit James Bond am meisten verehrte? Als Erwachsener, als alle Mächte der Wirklichkeit, der Enttäuschung und des Verrats sich gegen ihn verbündet hatten, um ihn zu entthronen, sah er sich immer noch als Königssohn:

Die Überlieferung der Familie berichtet, dass der Graf von Chambord, Anwärter auf den Thron Frankreichs im Jahr 1875, sich für seine Kampagne ein wenig aus dem Geldschrank meiner Ururgroßmutter, einer Notarswitwe, bedient hatte und ihr zum Dank eine Kaminplatte und, vielleicht, wer weiß, ein kleines schwarzes Schaf hinterlassen hat … Aber diese Vermutung ist verstiegen.
An einem schrecklich einsamen Abend ging ich zur Seelsorge des Bistums. Und ich sagte: »Ich bin ein Nachfahre des Grafen von Chambord, ich bin nur gekommen, um mit Ihnen ein Vaterunser zu beten.« Das tat ich auch und ging wieder. Es liegt auf der Hand, dass es mir wirklich nicht gut ging.

Er mochte noch so viele königliche Genealogien erfinden und bunte Stammbäume zeichnen, deren reich verzweigte Äste die Namen von Seeleuten, Priestern, Vertretern des Gesetzes und von Ärzten trugen und die legitimen Ansprüche seiner Töchter auf den Thron Frankreichs nachwiesen, er selbst war sein Leben lang viel mehr ein Sohn als ein Vater gewesen. Als er wieder in die Kleinstadt zurückgekehrt ist, in der er Kind und König gewesen war, Meister im Rollschuhlaufen und Schwimmen, Regenschirmfechter, ein guter Reiter und eine Stimmungskanone für die Mädchen, hat er seinen Vater mitgenommen. Und als sein Vater kurz darauf gestorben ist, hat er sich in ihn verwandelt: Seine Haare sind weiß geworden, er hat angefangen, die Kleider, den Stock und den Hut seines Vaters zu tragen, und ist übergangslos vom fünften ins fünfundachtzigste Lebensjahr übergewechselt.

Ich wartete auf meinen Vater und genoss – für mich in übertriebenem Maße – in einer Art offenkundiger Transsubstantiation die Freuden, die ich ihm so sehr gegönnt hätte: Ich trug seinen Mantel, ich ging mit seinem Stock usw.

Er hat damals einen kleinen Tod erlebt: sein Herz hat ihn ein erstes Mal im Stich gelassen, und das war wie eine Probe für seinen großen Tod, den wirklichen. Meine Schwester und ich sind durch einen Anruf aus dem Kommissariat verständigt worden. Wir haben den Zug genommen und sind zu ihm in dieses Spital gefahren, in dem Jahre zuvor sein Vater defekte Herzen behandelte, während der Vater meiner Mutter Kinder zur Welt brachte. Er lag in einem grauen Licht, er trug einen blassgrünen Krankenhauspyjama, er war abgemagert, erschöpft und fest entschlossen, nicht mehr zu leben. Kaum war er aus der Narkose erwacht, schlich er sich schon aus seinem Zimmer, um heimlich zu rauchen. Wir hatten nicht mehr die

Kraft, ihn zu schelten und zu mahnen. Wir haben ihn gewiegt und getröstet wie ein Kind. Als wir ihn sanft fragten, warum er so weit von uns weggezogen ist, und er antwortete, er habe es getan, um näher bei seiner Familie zu sein, haben wir ihn daran erinnert, dass sein Vater tot war, dass er mit seinen Schwestern gebrochen hatte und dass wir seine Töchter waren. Später hat er uns gesagt, dass bei diesen Worten etwas in ihm wiederaufgelebt sei. Es hat seinen Tod noch zwei Jahre hinausgeschoben.

Unter seinen Papieren habe ich ein großes Schwarzweißporträt gefunden. Darauf sieht man ein sehr rundliches kleines Mädchen, dessen blonde, nachlässig geschnittene Haare von einer Spange festgehalten werden. Es hat den gleichen Mund, das gleiche Lächeln, dasselbe Alter wie der sehr dunkelhaarige kleine Junge, und auch den gleichen Blick, die gleiche flehende Zuversicht, die bei ihm bereits verschleiert war vom Schatten eines Wissens, eines Verzeihens. Auf dieses Foto hat er ein gelbes Post-it geklebt, auf dem in seiner Handschrift zu lesen ist: »*Ein Versprechen nicht zu halten heißt sich an Gott vergehen (afrikanisches Sprichwort)*.« Dieses kleine Mädchen, das ich war, ist mir nicht vertrauter als das Kind, das dreißig Jahre zuvor das gleiche Lächeln lächelte. Ich bin genauso wenig imstande, ihre Freuden und ihren Kummer zu nennen wie seine oder zu sagen, was sie schon zu fürchten und zu hoffen gelernt hat. Ich weiß hingegen, dass ich ihn verloren habe und deshalb auch sie. Dass in ihr dunkel ein Wissen steckte, das ihr sehr früh genommen worden war, ein Wissen, das nichts anderes war als die Präsenz dieses Mannes, meines Vaters, an ihrer Seite, dieser große Schatten, neben dem ihr Leben begonnen hat. Auf diesen zwei Gesichtern lese ich nichts anderes als die Kindheit, die gleiche Kindheit, und die Erwartung, die gleiche Erwartung. Und wenn es viele Bilder gibt, die ich zu betrachten gelernt habe, und andere, die ich tastend zu entziffern versuche, so fällt es mir schwer den Blick des Kindes auszuhalten, das mein Vater war, und wenn es viele Dinge gibt, die ich zu begreifen versuche, die zu akzeptieren ich gelernt habe, so kann ich mich nicht mit diesem unwiderruflich nicht eingehaltenen Versprechen abfinden, mit dem, was diesem Kind gefehlt hat, mit dem, was niemals seine Erwartung erfüllte, seine große stumme und zuversichtliche Erwartung, und so möchte auch ich die Bilder verkehrt reihen, den doppelten Raum unserer zeitlich verschobenen Leben aufheben, in seinem Tod das finden, was die Zeit aufhebt, durch den Toten hindurch wieder zu dem Kind vordringen, wieder zu diesem Kind mit dem hoffnungslos zuversichtlichen Blick gelangen, es begleiten, es beschützen.

Flic Bulle

Er hatte eine solche Vorliebe für Ordnung und Rituale, Schnörkel und Zeremonien, er hatte so sehr mit seinem Tod gespielt, dass ich überzeugt war, dass er, als dieser näher rückte, sicherlich versucht hatte, ihm eine Form zu geben, ihn nach seinem Bild zu gestalten und nach dem des Lebens, in das der Tod so tief eingedrungen war. In dem kleinen weißen Zimmer habe ich Kartons und Aktenmappen aufgemacht, zum ersten Mal seine unzähligen Hefte durchgeblättert und die blaue Mappe mit dem Manuskript gefunden. Und darin auf Seite 169 die Worte gelesen, die seinem Tod Gestalt verliehen.

Ich erhoffe mir einen hübschen Tod: eine Einäscherung, eine Gedenkmesse mit vielleicht einigen Musikstücken: einem Auszug aus dem Dies irae, damit mir meine übersteigerten Zornausbrüche vergeben werden, einem anderen aus dem De profundis, damit mein Leben im Jenseits – mit der Wiederauferstehung der Leiber – mir die Melancholie erspart, die meinen Aufenthalt auf Erden so stürmisch gemacht hat. Und meine Asche, nächtlicherweile verstreut rund um die Kirche ~~Saint Étienne du Mont~~ in unmittelbarer Nähe, am Eingang zu meiner Universität und, wenn möglich, einen kleinen Rest im Jardin du Luxembourg beim Medici-Brunnen.

Dieses Versprechen konnten wir halten. Man brauchte nur seinem Text zu folgen, diesen paar Zeilen, die ich gelesen und gelesen habe, bis ich sie auswendig wusste. Doch je mehr ich sie umzusetzen versuchte, umso mehr entdeckte ich in ihnen Fallen und sonderbare Winkelzüge. Beim Begräbnis seiner Mutter hatte er den Organisten gebeten, »*eine sanfte Toccata zu spielen, und vor allem nicht das Dies irae*«. Um ihn zu verschonen (er hatte für seine Zornausbrüche und seine Überschwänge schon genug bezahlt), habe ich ihn verraten. Ich habe die Organistin um das *Ave Maria* von Schubert und »*eine sanfte Toccata*« gebeten (sie hat mir aus der Kirche Saint-Germain-des-Prés mehrere vorgespielt, am Telefon; ich saß an meinem Schreibtisch mit meinem Handy in der Hand, die Orgeln rauschten, plötzlich unterbrach ich sie: diese da will ich; nach der Zeremonie sagte mir einer seiner Jugendfreunde, dass er sie damals ununterbrochen gehört hatte, dass sie ihm die liebste war).

Er sprach von der »*Wiederauferstehung der Leiber*«, aber seinen Leib hatte er sehr schnell und sehr radikal loswerden wollen. Deshalb sah er eine »*Gedenkmesse*« vor: Das war, wie ich entdeckte, der Ausdruck der Kirche, die denjenigen unter ihren Toten, die nicht in der Erde verfaulen wollen, eine Beisetzung verweigert. Er verwickelte meine Schwester und mich in ein seltsames Draußen-Drinnen, ein verwinkeltes, aber präzises, um mehrere Ecken vorausgedachtes Spiel mit den Dogmen und den Regeln. Diese Konventionen, die die seiner Kaste waren, waren wir zu übernehmen gezwungen, ein Teil von ihm hing ihnen übrigens glühend an, wir aber schafften es nur auf eine vertrackte Art und Weise, in einer unvollständigen, zögernden und unbequemen Zugehörigkeit, die uns auf die Randzone verwies, in der wir mit ihm wohnten, und die unser fragiles und zähes Trio, unsere Komplizenschaft, über seine jäh hereingebrochene Abwesenheit hinaus aufrechterhielt.

Der Priester übergab uns die Urne, die seine Asche enthielt, und fragte uns dabei, als hingen wir einer anderen Religion an, mit besorgter Sympathie, ob wir wüssten, was wir damit anfangen sollten. Man hatte mir im Friedhof Père-Lachaise eine Broschüre gegeben, die neben anderen widerwärtigen und skurrilen Empfehlungen (die so unerträglich waren, dass ich mich schließlich fragte, ob sie nicht einer Art höheren Weisheit entsprangen, dem Bestreben, all das, den Tod, den verkohlten Körper und diesen reinen Wahnsinn, dass man in einem kleinen Gefäß steckt – als ob ein irrer Modellschreiner das ganze Universum in eine Flasche hineingezwungen hätte –, auf die banale und autoritäre Logik des Gehorsams und des Gesetzes zu reduzieren) auch ausdrücklich festhielt, dass es verboten sei, die Asche an öffentlichen Orten zu verstreuen. Da habe ich begriffen, warum mein Vater dieses Adverb der Gerichtsprotokolle verwendet hatte, »*nächtlicherweile*«, warum er auch, auf das göttliche Gesetz, an das er glaubte, stärker bedacht als auf das menschliche Gesetz, das er lehrte, den Namen der Kirche Saint-Étienne-du-Mont durchgestrichen und daneben »*in unmittelbarer Nähe*« hingeschrieben hatte. Er kannte dieses Verbot, das war sein Beruf: Aber selbst aus dem Tod heraus fand er noch ein Mittel, es zu überschreiten.

Ihm, dem Toten, haben wir gehorcht. Das Quartier Latin war im Belagerungszustand. Die Studenten demonstrierten, die Sorbonne war geschlossen und mit Gittern abgeriegelt, die Straßen voll von Sondereinheiten der Polizei. Dieses Fieber, diese Unordnung, diese kurze Unterbrechung der gewöhnlichen Welt halfen mir und trugen mich, und ich war mir auch sicher, dass es ihm nicht missfallen hätte, in dieser Atmosphäre das Weite zu suchen.

Wir hatten nicht den Mut, seine Asche *nächtlicherweile* zu verstreuen. Wir haben uns Szenarien ausgedacht, zum Beispiel auf einem Motorroller mit der Urne auf dem Gepäckträger sehr schnell die Rue Soufflot hinunterzufahren und die Asche davonfliegen zu lassen. Schließlich (ich weiß nicht mehr, wie, ich sehe mich nicht dabei, ich habe das alles in einer stumpfsinnigen Sturheit hinter mich gebracht) haben wir sie in Briefumschläge

umgefüllt, die wir geöffnet in unseren Taschen trugen, und meine Schwester und ich sind in unserer Trauerkleidung und im weiten Licht eines Frühlingsnachmittags die Rue Soufflot hinuntergegangen, an den Polizeikordons vorbei, und haben gelächelt, um ihre Aufmerksamkeit abzulenken, während wir bei jedem Schritt unsere Briefumschläge schüttelten.
(Das mit der Kirche Saint-Étienne-du-Mont, in der er mit meiner Mutter getraut worden war, weiß ich auch nicht mehr, ich habe es vergessen, ich erinnere mich bloß daran, dass ich auf der Suche nach einem dunklen Winkel oder einer leeren Kapelle mit meinem Briefumschlag in der Hand mehrmals die ganze Kirche abgegangen war, verblüfft über dieses ganze Tageslicht, das hereinflutete, und das Weiß und die starre Unfehlbarkeit der Grabmäler der großen Toten, die keinen Platz ließen für meinen, selbst wenn ich beschämt und verstohlen letztlich vermutlich doch eine Prise Asche hinter dem Hauptaltar zurückgelassen habe, dort, wo Racine und Pascal ebenfalls ohne Grab liegen, ich weiß es nicht mehr, ich habe es vergessen. Er ruht im Medici-Brunnen, dort, wo er sich einst mit meiner Mutter verabredete, in dem kleinen, moosbewachsenen Becken dahinter, und seine Totenwächter sind Liebespaare und ernste, über ihre Bücher gebeugte junge Leute.

Die Vorschriften und die Gesetze brauchte er, um sie einzuhalten und um sie zu überschreiten, um bestraft und zur Ordnung gerufen zu werden oder um sie anzuwenden, er legte Wert auf sie, ohne zu wissen, auf welcher Seite er stand, Bulle oder Ganove, das wenigstens stand fest, das gab ihm Sicherheit. In seiner Brieftasche habe ich eine Karte gefunden, »Freunde der Polizei«, die man ihm vermutlich nach der Bezahlung eines Mitgliedsbeitrags zugeschickt hatte. Auf dem Foto sieht er aus wie in seinen schlechten Zeiten, aufgedunsen, mit verschleiertem Blick und einem finsteren Lächeln. Doch auf der Karte ist im linken oberen Winkel eine Trikolore, und ich frage mich, ob er sie nicht ganz oben in seiner Ausweistasche bei sich trug, um sie notfalls mit einer raschen Handbewegung vorzuzeigen wie in den Filmen, wie ein Lausejunge, um sich für einen Polizisten auszugeben. Er erwartete und fürchtete fortwährend eine Bestrafung. Am Ende seines Lebens sprach er abends am Telefon andauernd von seinem Auto, von dem Mercedes, den er dem bulgarischen Botschafter abgekauft hatte. Er war in einem derartigen Zustand der Panik, dass wir, meine Schwester und ich, uns schließlich fragten, ob er nicht einen Passanten überfahren oder nach einem Unfall Fahrerflucht begangen hatte. Er hat uns gestanden, dass er ganz einfach seine Autopapiere verloren hatte. Ich bin für seine Verlustanzeige mit ihm ins Kommissariat gegangen und habe ihn am Arm gehalten, um ihn zum Weitergehen zu zwingen. Er war überzeugt, man würde ihn nicht wieder hinauslassen.

Während meiner Angstanfälle rief ich das Kommissariat an. Ich erinnere mich, ich hatte einem jungen Polizisten gesagt, ich hätte Schiss (la trouille), und er hat mir geantwortet, er würde mir eine »pas-trouille« (Patrouille) schicken. Das hat mich entspannt.

Er liebte Orden und Körperschaften, und um seine Teile zu versammeln, suchte er für sich eine *bestehende Körperschaft*. Eine Zeit lang hat er einer Freimaurerloge angehört. Ich habe seine Abzeichen, seinen blauen und silberfarbenen Schurz gefunden. Er nannte sie seine Brüder, er erträumte sich eine Familie.

Wo sind die Familien von einst? Ich habe das gekannt, was man als sehr alte Familien bezeichnet: in der Nachkommenschaft einer von ihnen war ein sehr sanfter Junge, dem jedoch die Jungfrau

Maria erschien, wenn er ins Kino ging … Er lebte lange, sehr lange in dem, was damals noch als Irrenhaus bezeichnet wurde.

Eines Tages hat er aufgehört, so zu tun als ob. Er hat akzeptiert, dass er in seiner Familie das schwarze Schaf war, die Abnormität, er hat darauf verzichtet, ins gleiche Horn zu blasen (wie er es einst tat, bei diesen Essen, bei denen sie noch zusammensaßen, als meine Schwester und ich in der Pubertät waren, seine Schwestern und er, rund um ein weißes Tischtuch, auf dem das Silberbesteck lag, in Häusern mit glänzenden Möbeln und schweren Wandbehängen in der Nähe von Paris, in denen selbst am hellen Tag die Lampen brannten, als müsse man um jeden Preis das Licht von draußen vermeiden, die künstliche Beleuchtung beibehalten, die verlogene Ehrlichkeit der bürgerlichen Ordnung, unter der die Gifte köchelten, die dann, je länger das Essen dauerte, an die Oberfläche stiegen, der Sinn für das Geld, die Verkürzung der Sexualität auf das Obszöne, der Hass auf die Fremden, mein Vater schwieg oder spielte, zwischen seinen Töchtern sitzend, das Kind, fand seinen Platz als Nachzügler, als einziger und herbeigesehnter Sohn wieder, umsorgt von der noch zärtlichen Nachsicht, dem Rest lachender Komplizenschaft seiner zwei Schwestern, die früher auf den Fotos aus Spanien so schön waren mit ihren nackten Füßen, ihren weißen Kleidern, ihren flatternden Haaren, meine Tanten, die gern ausgingen, tanzen gingen und mit ihren Liebschaften Anstoß erregten, nun aber eingeschnürt waren in ihre Kostüme, in ihre Perlen und ihre Haarknoten, mein Vater holte beim Nachtisch Luft, stimmte sich auf seine Schwager ein und tischte ebenfalls einen rassistischen oder ordinären Witz auf, und ich wusste nicht, was mir peinlicher war, was ich mehr hasste, diese jämmerlichen Witze, sein Schweigen oder dieses furchtsame und verzweifelte Bemühen, seine Treue unter Beweis zu stellen und rituell seine Zugehörigkeit zu bekräftigen. Ich brauchte lange Stunden, lange Spaziergänge mit dem Jungen, mit dem ich danach verabredet war, um dieses Unbehagen zu vertreiben).

Seine Schwestern haben zunächst aufgehört, ihn einzuladen, und dann auch nicht mehr mit ihm geredet. Sie haben ihn durch die Straßen der Kleinstadt torkeln lassen, in denen sie dieselben Spiele gespielt, dieselben Freunde geteilt und auf denselben Überraschungspartys getanzt haben, eingekapselt in ihre Schande, wenn eine Jugendfreundin ihnen erzählte, sie habe ihn verdreckt und betrunken auf der Straße getroffen, wenn Wohnungsnachbarn ihnen anvertrauten, dass er sie um Geld oder um Essen gebeten habe, wenn seine Hausbesorgerin anfing, ihn den »Verrückten« zu nennen (*»Meine Hausbesorgerin hat mich bei meinem letzten Anfall »El loco« (den Verrückten) genannt, soll sie doch ihren eigenen Dreck wegkehren!«*), ganz zu schweigen von den entsetzlichen Geschichten, die er bereitwillig erzählte, die von seinem Vater, der nach ihrem Streit zu seiner älteren Schwester geflüchtet und allein in einem Altersheim gestorben war, die von seinem Schwager, der seiner Mutter auf ihrem Totenbett den Schmuck geraubt hatte, sechzig Jahre lang hatte man sich zusammengerissen und mit einem Schlag machte er alles zunichte, auf einmal brach unüberschaubar all das hervor, was sie doch so sorgfältig fern gehalten hatten, was sie auf den Müllhalden ihrer Leben deponiert hatten, alles, was in ihren Augen die wesentlichen Eigenschaften der anderen waren, des Gesindels, der Penner, der Araber und der Neger.

Er erwartete von ihnen, dass sie ihm verziehen, dass sie ihn verfluchten, vielleicht eine feierliche Anerkennung. Er war auf die andere Seite gelangt, auf die Seite all dessen, was Jahrhunderte bürgerlicher Tradition hartnäckig fern gehalten hatten (da war doch diese bretonische Großmutter, von der es hieß, sie sei ein wenig weich in der Birne und würde gern einen über den Durst trinken, aber sie wohnte ohne Skandale und ohne Auftritte bei ihnen, als er ein Kind war, oder dieser Cousin und Baron mit dem Korsarennamen, der Erbe des Herrenhauses in Saint-Méloir, der meinem Vater gestand, dass er, der Schlossherr, der Adelige, die Ehre der Familie, an demselben Leiden litt wie er). Er stand auf der Seite der Unordnung, in diese Rolle war er umstandslos geschlüpft, diesmal war es klar, er war nicht mehr der Bulle, sondern der Ganove, er war nicht mehr der Gute, sondern der Gauner, er war nicht mehr der Schöne, sondern der Penner. Dennoch suchte er weiterhin nach einem Platz auf dem Schachbrett der Familie, Läufer, Idiot der Familie, alles war ihm recht, solange eine Zugehörigkeit da war, eine Stelle, die man einnehmen konnte, alles, nur nicht die Leere, die Wüste, die endgültige Randexistenz.

In China wird der »Irre« nackt über das Gitter eines Geheges geworfen, in dem seinesgleichen versammelt sind, denen man Nahrung zuwirft. In anderen Zivilisationen hat der ungefährliche »Narr« seinen Platz und seine Funktion. Bei einigen Volksstämmen vertreibt er die bösen Geister. So etwa in Afrika. Er hat seinen Platz im Stamm oder in der Familie. In den maghrebinischen Familien ist der »Irre« durch das Jus Sanguinis geschützt. Derjenige, der ein Drama durchgemacht hat oder einen Affekt, der sein Gleichgewicht gestört hat, wird immer seine Angehörigen um sich haben. Man kann diesbezüglich in den Anstalten feststellen, wie sehr die Patienten von den arabischen Familien umgeben sind.

In der Randzone hat er jedoch Beziehungen geknüpft und eine provisorische Familie gefunden. Wenn meine Schwester und ich ihn im letzten Spital, in dem er war, besuchten, grüßte er die anderen Patienten nicht. Nun, wo er das Recht hatte, sich frei zu bewegen, blieben wir im Park und plauderten unter den großen Bäumen, deren Schatten so kühl war wie die unweit fließende Seine. Wir sprachen über die Zukunft und versuchten sie auszumalen, diese Zukunft, die Worte zu finden, um ihm wieder Lust auf sie zu machen, wir sprachen über Wiedergeburten, über Leben, die in jedem Alter neu beginnen können, über diesen Mann aus unserem Bekanntenkreis, der sich mit dreißig unsterblich in eine in einem Zug getroffene schwangere Frau verliebt und sie aus den Augen verloren hatte, dann geheiratet, und sie nun, mit achtzig, wiedergefunden hatte, Großmutter und Witwe, und sie heiraten würde, wir gaben ihm Ratschläge, von denen wir spürten, wie lachhaft und wie sinnlos sie waren, sich die Haare schneiden lassen, Yogakurse belegen, Romane lesen, Ratschläge, die er schweigend und geistesabwesend entgegennahm, und wir mussten uns gewaltig anstrengen, um nicht mit ihm von diesem Schweigen, von dieser Abwesenheit aufgesogen zu werden, um vor ihm weiterhin die hochmütige und eitle Sprache der Lebendigen zu sprechen. Wenn ein Kranker vorüberging, warf er ihm einen kurzen Blick zu, aus dem väterlicher Stolz herauszulesen war, das Bedürfnis, uns zu beschützen, und eine Art kurz unterbrochenes heimliches Einverständnis. Einmal sind wir ihm in den Speisesaal gefolgt, um eine Cola zu holen, die anderen saßen schon unter den Neonleuchten an der Tafel zwischen dem Tischfußball und dem Tischtennistisch. In den ihm zugewandten Gesichtern war neben den Spuren des Leidens auch Zärtlichkeit, Respekt und ein Anflug von Neid, und seine Haltung, seine Art und Weise, seine Arme um uns zu legen, den Schritt zu beschleunigen und dabei ihre Blicke zu erwidern, sagte, ich bin mit ihnen, fasst sie nicht an, kommt nicht näher, aber auch, ich bin einer von euch, ich vergesse euch nicht. Und damals habe ich gespürt, dass zwischen ihnen und ihm etwas war, das uns entging, das in ungeahnten Tiefen der Not und der Menschlichkeit vor sich ging, und dass er aus ihnen, mit denen er dieselben unaussprechlichen Geheimnisse, dieselbe nackte und zersplitterte Welt teilte, mindestens ebenso sehr die Kraft schöpfen würde, gesund zu werden und sie zu verlassen, wie aus uns.

Ich erinnere mich an die sonnige Terrasse im letzten Spital, auf der ich ermessen habe, dass ich Gott nicht böse sein konnte über das neue Schicksal, das sich für mich, der ich von meinen Töchtern unterstützt werde, ankündigt. Manche waren wirklich allein wie diese arme dicke Bettnässerin, die ihre in geschlossenen Anstalten verbrachten Jahre nicht einmal mehr zählte, dieser hochgewachsene Mann, der sich selbst verbrannt hatte und dessen Gesicht wie geschmolzen war, immer ohne Besuche und immer äußerst liebenswürdig, eine alte Dame, gekleidet wie ein kleines Mädchen mit einem Strohhut wie auf den Bildern von Renoir, eine ehemalige Tänzern aus dem Opernballett, die schizophren geworden ist, ganz zu schweigen von all diesen kleinen alten Leuten, die man als verrückt bezeichnet, obwohl nur ihre gesellschaftliche Nutzlosigkeit sie verdammt, und von den Obdachlosen. In diesem Spital habe ich viele, viele Zwiegespräche geführt, unter dem Gewölbe der prachtvollen Bäume ist mir die Sprache wieder zugeflogen.

Gisant Liegende Figur

Ich hatte soeben den Geburtstag meiner Tochter gefeiert. Die Wohnung war voll von Luftballons, Girlanden und Kindern. Ein letzter kleiner Junge war noch da und wartete auf seine Eltern, ein sehr dunkelhaariger kleiner Junge mit langen lockigen Haaren. Das Telefon klingelte. Die Dunkelheit brach, glaube ich, schon herein. Vor dem Wohnhaus meines Vaters erwarteten uns Polizisten. Sie haben mich nicht allein gelassen mit ihm. Einer von ihnen ist mir vorangegangen in das Zimmer, in dem er lag. Er ließ mich nicht aus den Augen, er befahl, nichts anzugreifen, ich musste eine Erlaubnis einholen, um ihn zu umarmen und seine Hand zu halten. Meine im siebten Monat schwangere Schwester wurde von dem Kommissar gefragt, ob sie wirklich diejenige sei, die den Körper gefunden hatte (sie war es tatsächlich, die, besorgt, weil er sich eine Zeit lang nicht gemeldet hatte, zu ihm gegangen war, vergeblich geklingelt und mit dem Hausbesorger die Tür aufgebrochen hatte; ich war nicht besorgt, ich erwartete ihn für den Tag danach, um mit ihm noch einmal die Geburt meiner Tochter zu feiern). Und den Passanten, den Nachbarn, antwortete er, es sei nichts Schlimmes. In dem kleinen weißen, bereits ins Halbdunkel getauchten Zimmer lag mein Vater auf seinem schmalen Bett, die Decke eingeschlagen wie bei einem Kind, die Lampe auf seinem Nachttisch brannte. Ich bin lang an seiner Seite gesessen und habe unter dem argwöhnischen Blick des Mannes in Uniform jeden einzelnen Gegenstand rings um ihn gemustert, ich wollte alles im Gedächtnis aufbewahren, jede Einzelheit festhalten, das Muster des Teppichs, die Papiere auf dem Schreibtisch, die angebrochene Zigarettenschachtel, den Schatten und das Licht auf den Bildern, als ob dieser Dekor, der sein Leben begleitet hatte und Zeuge seines Todes gewesen war, das doppelte Geheimnis bergen würde, als ob die Erinnerung an die Dinge der Garant meiner Treue wäre. Die Erinnerung an ihn war nicht mehr, war noch nicht. Erst als ich mich über ihn gebeugt habe, um seine noch warme, glatte und besänftigte Stirn zu küssen, ist die Kleine in mir erwacht, hat ihr Kinderkörper gebebt, und mit ihm der sehr alte, sehr tiefe, stumme und treue Abdruck dieses Körpers an ihrer Seite, dieser Arme, die sie getragen und gewiegt hatten, der Schultern, an die sie sich geschmiegt hatte, der Hand, die vor dem Einschlafen magische Zeichen auf ihre Stirn gezeichnet hatte, um sie in den Schlaf zu begleiten und sie vor der Nacht zu schützen, dieser blitzartig wieder erwachte Kinderkörper, blitzartig wieder zu Nichts geworden, herausgerissen mit Stumpf und Stiel mit dem, der ihm das Leben geschenkt hatte, ließ sie, die Erwachsene, ausgehöhlter und leerer zurück als eine junge soeben Entbundene. Irrsinn des Todes, Irrsinn des Leibes, der gestrandet da liegt, hartnäckig und undurchlässig anwesend, eine Stele mit eingravierten Zeichen, die für immer sinnlos geworden sind, Irrsinn dieses Hin- und Hergerissenseins zwischen Anwesenheit und Abwesenheit und der Tage danach, an denen ich fühlte, dass er da war, besorgt, massig, in einer Kühlkammer am Ufer der Seine, am Gestade festgehalten, gehindert an seinem Wunsch, diesem großen Wunsch, den er schon so lange gehegt hatte, nach dem Nichts, ja, die Vernichtung hätte ich all dem vorgezogen, die jäh aufklaffende Leere, einen Schiffbruch mit Mann und Maus, alles, nur nicht diesen unbestimmten Ort, dieses Halbdunkel, in dem ich umherirrte mit ihm, der noch nicht wirklich tot war, während ich nicht mehr wirklich lebendig war, lange Tage hat es gedauert, bis man mir erlaubt hat, an einem strahlenden Frühlingsvormittag neben diesem Körper, der unter einem Laken lag, das man mich ermahnt hatte, nicht zu lüften, Kinderzeichnungen, hölzerne Segelboote und einen Strauß Narzissen zu hinterlegen und nun ebenfalls auf seine verschleierte Stirn die magischen Zeichen zu malen, die ihn in die Nacht begleiten würden, und in einem kleinen, auf die Seine hinausgehenden Raum in Gesellschaft arabischer, in bunte Stoffe gehüllter Frauen, die um einen Sohn, einen Zwillingsbruder im Tod, trauerten, zu warten und dann, neben ihm sitzend, die Stadt zu durchqueren, die lärmende und lebendige Stadt, die ich hinter den getönten Scheiben des Leichenwagens vorbeiziehen sah, als würde ich sie nie verlassen und noch tagelang, jahrelang mit ihm fahren, damit die Zeichen wieder zum Leben erwachen, die Abwesenheit in Erinnerung umwandeln und den Schiffbruch in einen Schatz und über diese undurchlässige Stirn, diesen Leib ohne Grab und ohne Rast ein Grabtuch aus Worten legen, das ihm leicht sein möge.

Hoffman (Dustin)

Im Profil ist die Ähnlichkeit verblüffend: die pechschwarzen Haare, die Habichtsnase, die eingefallenen Wangen, die magere und fahrige Silhouette und auch diese Art von Abwesenheit von der Welt, der Versunkenheit in sich, die schon in den ersten Einstellungen von *Die Reifeprüfung* sichtbar ist, wenn Benjamin auf dem Laufband im Flughafen an den Glasfenstern am Rand der Leere vorübergleitet oder wenn er auf dem Sitz im Flugzeug, eingehüllt ins Licht wie in ein Leichentuch, in der schönen und schrecklichen Helle der Anfänge, seinen Kopf zurücklehnt,

diese Art von Distanz, dieser Abstand, diese Weigerung, vor allem es nicht so machen wie die andern, nicht werden wie sie, die lärmenden und verwelkten Erwachsenen, die offenen Münder, die schreien und nach Luft schnappen, nicht auf die andere Seite überwechseln, sich nicht zum Fest einladen, hinter der Scheibe bleiben, sie anschauen wie Fische in einem Aquarium, durch getönte Brillen oder eine Tauchermaske, in eine stille und sanft wogende Welt eintauchen, in die stumme und monotone Lust der Körper, in eine weiße Starre, dort unten bleiben, am Grund des Schwimmbeckens, weit weg von den zu lauten Stimmen und den zu grellen Lichtern, *into the sounds of silence,*

bis endlich das junge Mädchen kommt, die Schwester und Geliebte, Elaine, die, mit der man vor den anderen geschützt in einem Auto mit hochgekurbelten Fenstern stundenlang reden kann, die, für die es Sinn hat, sich endlich als so lebendig zu empfinden, dass man Brücken hinter sich lässt, Flüsse, Zorn-

anfälle, Hassausbrüche und die gefesselten Leben der Erwachsenen, die wie große Affen im Käfig sind,
ein letztes Mal hinter einer Scheibe stehen und rufen, und diesen Ruf, den hört sie, sie beantwortet ihn, jetzt sind es die Erwachsenen in ihren Festkleidern, die wortlos mit offenem Mund rufen, Gefangene der Kirche mit der durchsichtigen, mit einem Kruzifix verriegelten Glaswand, während sie nun zu zweit sind und laufen und lachen,
sie werden nun bespitzelt, hinten im Bus sitzend sehen sie die andern nicht und ihre Blicke kreuzen sich nicht, sie blicken in sich hinein, verblüfft und ängstlich, eingehüllt in weißes Licht,
wird ihr Leben, ihr an sie herantretendes Leben noch die Unschuld und den Glanz dieser Flucht besitzen,

vor ihnen beiden, dem dunkelhaarigen und nervösen Jungen, dem jungen Mädchen mit den mit dem Kohlstift nachgezeichneten Augen und dem kindlichen Gesicht, denke ich an meine Mutter und an ihn, an die Zerbrechlichkeit der Jugendlieben und der ersten Versprechen,

später sehe ich ihn in einem anderen Film wieder, dessen Titel mir, als ich ein Kind war, merkwürdig vorkam, *Kramer gegen Kramer*, er ist immer noch so mager, die Haare sind länger, die Züge sind tiefer eingegraben, und die Frau an seiner Seite hat die akute und unruhige Blondheit von Meryl Streep, es gibt keine Musik mehr, keine große Helle und auch keine Hängebrücken, aber Gänge, Küchen, Büros und Kinderspielplätze, die Ecken und Winkel und den ganzen Krempel der Erwachsenenleben, von denen man nicht mehr recht weiß, wie man in sie hineingeraten ist,
ich habe diesen Film in der Elfenbeinküste gesehen, Klosterschwestern zeigten ihn ihrer Schulklasse, ich habe schnell

verstanden warum, sie sahen darin ein gefundenes Fressen für ihre Rosenkränze, die pflichtvergessene Mutter, der Horror der Scheidung und die Befreiung der Frauen, aber ich habe wieder an ihn gedacht –

ich war in den Weihnachtsferien und im Juli, niemand wusste es, ganz einfach im Spital. Ich fühlte mich hässlich, mit aufgedunsenem Gesicht, meine Kleider spannten, und mit meinen Kindern war ich wie ein dicker Dustin Hoffman – ich erinnere mich an den Jardin des Plantes, den Jardin de l'Acclimatation und seinen »verzauberten Fluss«: wir lachten miteinander, bevor ich sie zu ihrer immer noch so schönen Mutter zurückbrachte

– als sie gegangen ist, hat sie uns in eine kleine Wohnung mit grellrosa und violett gestrichenen Wänden mitgenommen, in der ihre 68er-Kumpel und ihre feministischen Freundinnen aus und ein gingen, sie schlug sich durch, er geriet ins Schleudern,

aber während dieses Films (dieses schlechten, sentimentalen und reaktionären Films) in der Schwüle der afrikanischen Nacht neben den Klosterschwestern, die verständnisinnig den Kopf schüttelten, und den kleinen Mädchen mit den Zöpfen, die sich fragten, was für eine Geschichte man ihnen da erzählte, während rund um uns von der elektrischen Beleuchtung angelockte Eintagsfliegen auf den Boden fielen und einen dicken Teppich grauer Flügel bildeten, konnte ich nicht umhin an ihn zu denken,

angesichts dieses Vaters, der allein in seiner Wohnung sitzt mit seinem Kind, daran zu denken, dass er das auch für uns getan hatte, dass er, wenn wir für ein Wochenende oder in den Ferien zu ihm kamen, zwangsläufig seine Gespenster, seine Wahnvorstellungen in Schach halten musste, um die Handgriffe auszuführen, mit denen die Kindheit beschirmt wird, und in ihr die Energie zu finden, die unsere verletzlichen und heißhungrigen Leben speiste, in dem Chaos, in dem er war, eine Insel der Ordnung zu bewahren, in der Wirklichkeit, die zerbröckelte, Tageseinteilungen und Regeln (uns in der Badewanne zu waschen, in der er in der restlichen Woche seine Hemden und seinen Hund gemeinsam wusch, unser Abendessen zuzubereiten, auf unsere Stirn am Abend die magischen Zeichen zu malen, die uns schützten) –

Das einzige anhaltende Glück, das ich gekannt habe, entspringt der Existenz meiner Kinder, alles Übrige erscheint mir prekär, fragil und gefährdet

– ich habe mich an das erinnert, was er mir einmal gesagt hatte, ein Mann hat keine Angst, Kinder zu kriegen, weißt du, er hat Angst, seine Kinder zu verlieren, und ich habe ganz plötzlich, bis hin zum Ersticken, bis hin zum Wunsch, es sofort wieder zu vergessen, dieses Verlustgefühl empfunden, das er nach unserem Weggang empfunden haben musste.

Illuminé Erleuchtet

Im Manuskript meines Vaters gibt es fünfzehn Seiten, die ich geschrieben habe. Oder genauer gesagt, fünfzehn Seiten, die er abgeschrieben und umgeschrieben hat. Es handelt sich um ein Kapitel im zweiten Teil mit dem Titel: »Das sittliche Erbe«. Mein Vater erwähnt darin einen sehr alten Text, einen griechischen Text, eine Abhandlung von Plotin voller Ellipsen und ungeduldiger Hinterfragungen. In diesem Text geht es um die Seele und den Körper, wen interessiert das noch, um die Seele, die sich, weil sie ihr Leben mit dem des Körpers verbindet, hemmt, verdüstert und abstirbt, wie die Seelen sterben, um das Tier, das in uns ist und leidet und Lust empfindet, um die reinen Freuden der unbewegten und makellosen Seele, auch um das Ich, dieses Ich, das Plotin als »wir« bezeichnet, denn, so sagt er, »wir sind mehrere«, zugleich das Tier, das leidet und Lust empfindet, und die unerschütterliche und unveränderliche Seele, zugleich Gott und Tier. Dieser Text hat mich über Jahre hinweg begleitet. Ich habe ihn übersetzt und kommentiert, und als er veröffentlicht wurde, habe ich ihn ihm in die Psychiatrie mitgebracht. Bei jedem Besuch sah ich ihn auf seinem Nachttisch unter den Romanen, die er nicht las, und den Zeitungen, die er nicht einmal aufschlug. Dann hat mein Vater die Anstalt verlassen, er hat angefangen gesund zu werden, er hat wieder angefangen zu lesen:

Petrus Abaelardus hat sich durch seine leidenschaftliche Liebe zum Studium von seinem Kummer geheilt, ich habe, Gott sei gelobt, diese Leidenschaft schlecht verdrängt, selbst wenn ich früher nicht

einmal mehr dachte. Diese Leidenschaften speisen das Denken und besiegen bei den Kranken das, was man Grübelei nennt oder was Jung als manisch-depressive Zirkularschwankungen bezeichnet.
Dergestalt habe ich auf der anderen Seite während meines letzten Wochenendes im freien Leben die Bedeutung der moralischen Frage gefühlt. Und das war wie ein schwarzes Licht, das aus den Kartons drang, die ich öffnete, als ich meine Bücher wiederfand.

Eines Abends am Telefon hat er zu mir gesagt, ich lese gerade deinen Plotin, weißt du, das ist ganz spannend, genau so ist es, man ist mehrere, das stimmt, man weiß nicht, wer man ist, selbst wenn man sie im Traum mitunter wiederfindet, seine anderen Ichs.
Dieser besorgte, elliptische und schroffe Text mit seinen fernen Schönheiten und seinen Ideen, zu denen der Schlüssel seit langem verloren ist, dieser Text, den in meiner Umgebung niemand gelesen hatte (man dankte mir höflich und legte ihn verstört sofort wieder weg), diese elf Seiten in einem labilen und gewundenen Griechisch, das ich, von einer Faszination getragen, die ich aus Angst, sie abzuschwächen, nicht formulieren wollte, Wort für Wort genauestens unter die Lupe nahm, dieser Text enthielt auch für ihn eine Wahrheit, dieselbe vielleicht, die ich darin suchte, die Menge, die Vielzahl, die ein jeder in sich birgt, die Unfähigkeit sich zu erfassen, mit sich selbst zur Deckung zu kommen, das Bewusstsein, das verdünnt und zerstückelt, und diese Augenblicke, in denen man, aus sich herausgetreten, das Gefühl hat, sich endlich anzugehören in einer vollen, stummen und unreflektierten Anwesenheit für die andern und für das Sein, und schließlich sagte ich mir, dass diese Wahrheit vielleicht auch die seine war, dass das, was dieser Text verschlüsselte, sein Schwanken zwischen Engel und Tier war, zwischen Freude und Leid, die eine so

maßlos wie das andere, seine innerste Vielzahl und sein immer schon entflohenes Ich, die eigentliche Formel seiner Melancholie. Da war eine schweigende Übermittlung, von ihm zu mir oder, wer weiß, von mir zu ihm, denn (ich entdeckte es, als ich sein Manuskript las) er verschwieg unsere Verwandtschaft, nannte meinen Namen, ohne mich jemals als seine Tochter zu bezeichnen, nannte mich »*Verfasser*«, ein einziges Mal nur »*meine liebe Philosophin*«, und präsentierte sich, wie auch bei den großen Toten, mit denen er Zwiegespräch führte, als »*Erbe*« dieses Textes. Diese Umkehrung und diese Vortäuschung einer Distanz erschütterten mich wie die Bezeugung einer alterslosen Komplizität zwischen ihm und mir, die nichts mit Vererbung zu tun hat.

Der Verfasser möchte sich, so sein Herausgeber, auf die Bewegung einlassen, die von den Leidenschaften zum Denken, vom Leid zur Ungerührtheit, vom Tier zum Göttlichen führt: Damit, so sagt er, unterzieht man sich einer »Initiation«. Ich sehe darin das Motiv des inneren Umsturzes, der zur bipolaren Störung und ihren Folgen führt. Ich weiß, dass der Körper und der Geist sich an alles erinnern und dass der Dämon, ER, immer auf der Lauer liegt. Verschwinden die Befleckungen der Seele genauso langsam wie die des Körpers?

Diesen Text hatte er nicht bloß gelesen, er kommentierte ihn auch, er übersetzte ihn, presste ihn durch den Filter seines Lebens und seiner Krankheit. Anfangs kommentiert er Wort für Wort:

Wem muss man, fragt Plotin, die Freuden und die Qualen, die Ängste und die Kühnheiten und das Leiden zuschreiben?« Was die Kühnheiten angeht, werden wir zunächst gewisse Merkmale der Phasen des Überschwangs in Erinnerung rufen: die Enthem-

mung, die Beschleunigung der Gedanken... Die gequälte Seele kann nun todbringende Risiken eingehen. Sie ist schlimmer als das Tier, denn man kennt keine Tiere, die für sich selbst oder für ihresgleichen gefährlich werden. Was die Angst betrifft, so ist sie nicht charakteristisch für die Depression, aber ich habe Panikzustände erlebt, die mich fliehen ließen – fliehen, betrunken durch die Nacht laufen, ohne anhalten zu können. Was das Wort Leiden betrifft, so erscheint es mir dissonant, ich habe es in den psychiatrischen Anstalten allzu oft und mit derselben Regelmäßigkeit erhalten wie in China die Gefolterten den Wassertropfen auf den Kopf.

Jedoch, diesen Text kritisiert er auch. Er will keine ungerührte Seele, er glaubt nicht daran, er kennt die Krankheiten der Seele, ihre Reibungen und ihre Schmerzen zu gut. Eine tadellose Seele, die endlich nicht mehr der Angst vor der Sünde und der Strafe, dem unerbittlichen, aber unbewegten Ankläger unterworfen ist, was mag das bedeuten?

Als ich sechs oder sieben Jahre alt war, habe ich einmal im Sommer an der Costa Brava ehemalige SS'ler gesehen. Sie waren Mitglieder der deutschen Legion, die im Bürgerkrieg Franco unterstützt haben. Man erkannte sie an den Schmissen auf den Wangen, den rituellen Markierungen aus den Säbelduellen in den großen Militärakademien. An diesen Abenden kleidete sich meine Mutter in blauweißrot. Aber sie jagten mir große Angst ein, denn diese tadellosen Männer hatten natürlich gelernt, angesichts des Leidens der anderen, das sie zu ihrer Berufung gemacht hatten, ungerührt zu bleiben.

Er will keine Seele, die dem leidenden Tier gegenüber gleichgültig bleibt, er spricht von Mitgefühl und von dem wimmelnden Bestiarium in ihm, dem schwarzen Schaf, dem stummen Meeresfisch oder dem Nachtmahr in seinen Alpträumen, *»das*

Tier«, schreibt er, *»ist ein Sprungbrett, um sich auf die Höhe der Seele zu erheben«*, er erwähnt auch diesen Hund, der seinen telefonischen Delirien ein Ende setzte, *»indem er sich vor dem Schreibtisch aufstellte und sich auf einmal als ganzes mit einem tiefen Seufzer steif umfallen ließ«*, oder der sich während seiner depressiven Phasen eingerollt an seinen Bauch schmiegte, *»die ganze Präsenz seines kraftvollen Körpers kam meiner nicht ungerührten und tödlich verletzten Seele zu Hilfe, meiner vielleicht böse gewordenen Seele? In diesem Fall liebe ich sie zu sehr und will nicht, dass sie von ihm getragen wird.«*

Was er an diesem Text liebt, ist die Verheißung eines Aufstiegs, eines strahlenden und gelassenen Zustands, in dem man aus seinem Selbst heraustritt, aus dem lärmenden Bestiarium wie aus dem zersplitterten Ich, aus dem Agenten im Schatten wie aus dem unerbittlichen Ankläger, und ein wenig Anteil hat an diesem Licht, das er in den letzten Monaten in seinem kleinen weißen Zimmer zu erblicken begann,

… die Kommunion mit dem Universellen, mit etwas Unbestimmtem und Unendlichem, die Kommunion mit dem Himmel, der uns mittels der Wolken Bilder geben kann, mit den Sternen, die dem Menschen mit seiner melancholischen Störung zuzwinkern, weil sie, so sagt man, Lithium enthalten.

Jesuit

Im Schattentheater meines Vater sitzt an der Seite des unerbittlichen Anklägers ein Jesuitenpater: ein scharfäugiger und fälschlich gutmütig wirkender Pfeifenraucher mit kalten Füßen unter seiner Soutane. Allmorgendlich taucht er in seinen Träumen auf, um ihn zu wecken.

Bei jedem Aufwachen erwartete mich der Ankläger in mir oder der Jesuitenpater, ich weiß es nicht, der eine mit seiner Anklagerede, der andere, um Schuldgefühle in mir zu wecken. Diese moralischen Tagungen, die allmorgendlich stattfanden und auch beim Erwachen aus dem Nachmittagsschläfchen, das ich nicht mehr mache, um die Fortsetzung der Sitzung zu vermeiden, setzten mich einer unerbittlichen Litanei von Beschuldigungen aus, die mich auf mein blödes Bett kreuzigten.

Der Pater-Ankläger gleicht diesem Philosophielehrer, den er im Kollegium Saint-Joseph in Reims gehabt hatte, ein hartgesottener Kerl, der dem Panzerregiment von De Gaulle angehört hatte, dabei ein guter Lehrer, der seine Autoren auswendig konnte und (trotz seiner kalten Füße) »*mit Wärme*« von ihnen sprach. Das Jesuitenkollegium, behauptet mein Vater, sei ihm in guter Erinnerung geblieben: Man trieb dort viel Sport, die Unterrichtsmethoden waren bemerkenswert, die Lehrer »*nicht terrorisierend*«, mit Ausnahme des Lehrers in Physik und Chemie, der einen schrecklichen »*kalten Humor*« hatte und ihm Erdnüsse anbot, wenn er sich eine schlechte Note eingehandelt hatte. Er hatte auch einen geistigen Vater, einen ehemaligen

Boxer, der sich um die Gefängnisse kümmerte und ihn zwei Jahre lang in seine »*Elendsquartier-Mannschaft*« aufgenommen hatte, um die Wohnungen der armen Leute instand zu setzen. Abgesehen davon

ging es vor allem darum, was man aus und in seinem Leben machen konnte. Das war allabendlich der Gegenstand von Gesprächen. Wir sollten keine »Bourgeois« werden, sondern etwas anderes, eine Art Aristokratie sui generis, »besondere« Leute. Das hat mich geprägt.

Er mag es noch so sehr behaupten, das Jesuitenkollegium war nicht alle Tage ein Zuckerlecken. Er gibt es in einem Nebensatz zu, wenn er schildert, wie sehr er immer den Morgen gehasst hat (bis zu der Zeit, in der ich ihn mit einer Haarbürste weckte) und wie sehr er die geschlossenen Fensterläden und die Dunkelheit liebt:

Im Internat in meiner Jugend war das Wecken entsetzlich, um sechs Uhr früh wurde ein Horn geblasen (das eines schwarzen Schafs?). Es war dunkel, der Hof war von hohen blassen Scheinwerfern beleuchtet, und wenn ich uns in unseren gestreiften Pyjamas sah, dachte ich an Konzentrationslager. Und das alles ohne ein Wort, abgesehen von Befehlen, vor der Morgentoilette und dem Morgenstudium bis zum Frühstück um acht Uhr. Danke, Sankt Ignatius.

Über diesen Jesuitenpater mit den kalten Füßen sagt er auch, er sei es gewesen, der »*eher einen Kantianer*« aus ihm gemacht habe; »*Kant und das Kollegium schickten mich innerlich versteift nach Paris, um dort Jura zu studieren.*«
Auf seiner inneren Bühne, dieser Bretterbühne, auf der er seine Mysterienspiele aufführte, den Leibhaftigen, die Jungfrau und

seine Heiligen auftreten ließ und selber bald die Rolle des Narren, bald die des Gekreuzigten übernahm, hat der Jesuit den Platz des kleinen Teufels mit den Feuerhufen eingenommen, der ihn foppte, als er ein Kind war, und eine fröhliche Sexualität ohne jede Angst vor der Sünde verkörperte:

Als ich fünf oder sechs Jahre alt war, träumte ich vom Besuch eines »lieben kleinen Teufels«, der mich mochte und mich amüsierte, aber mit seinen Feuerhufen Brandspuren auf dem Parkettboden hinterließ. Beim Aufwachen prüfte ich nach, ob diese Markierungen noch da waren, aber ich sah sie nie mehr. Beim Frühstück erzählte ich meinen Traum meiner Familie, die sich sehr darüber lustig machte und mich oft fragte, ob diese nächtlichen Besuche nicht immer dann stattfanden, wenn ich wie ein kleiner Schelm aufwachte. Seit dieser Zeit ist der kleine Teufel nicht wiedergekommen; abgelöst wurde er von begehrenswerten Teufelinnen oder von Träumen von Prozessen, bei denen ich Rechtsanwalt war, aber immer meine Robe verlor oder sie verkehrt anzog oder meine Akten vergaß.

Am Ende ist in seinem Schattentheater Karneval, alles mischt und dreht und kehrt sich um, Masken, Rollen und Kostüme werden getauscht und verschmelzen, der Rechtsanwalt verliert seine Robe und wird zum Angeklagten, der Teufel trägt eine Soutane, das schwarze Schaf nimmt die Stelle des Gekreuzigten ein, und plötzlich taucht eine Frau auf, eine Frau als Verkörperung des Begehrens, der Rache und des Gesetzes, halb Venus im Pelz, halb Allerleirau, und im eiskalten Korsett des Entsetzens ist vielleicht Platz für ein wenig Lust –

Woher kommt bei mir diese schreckliche Erwartung der Strafe? Warum hat der Teufel in mir ein schwarzes Schaf hervortreten lassen, dem das Fell abgezogen wird, um, warum auch nicht, einen schönen Mantel für eine hübsche Richterin abzugeben, die mich dann dergestalt an den Prager stellt ?

Kabyle

Jeder Mann trägt ein Gelobtes Land in sich, ein Land, in das ihn seine Schritte vielleicht nie führen werden, mit dem ihn keine Geschichte, keine Herkunft verbindet, dessen Farben und Düfte ihm manchmal nur in seinen Träumen zugetragen werden (denjenigen, nach denen man unversehrt, jungfräulich und besänftigt erwacht mit dem Gefühl, an einem Leben höherer Art Anteil gehabt zu haben, einem gänzlich transparenten Leben ohne Reibungen und ohne Geheimnisse), ein Land, von dem er, sollte ihn der Zufall je hinführen, sofort weiß, dass es seines ist, auch wenn er es vorher weder benennen noch erkennen konnte, ein Land, in dem das Licht und das Relief die seinen sind, in dem er sich frei bewegen und atmen kann, in dem die Steine, die Bäume und die Sprache ihn bezaubern und befreien, als ob er selbst in einer unvordenklichen Zeit diese Sprache gesprochen hätte, einer dieser Steine, einer dieser Bäume gewesen wäre, und dann ist es, als ob das davor, das anderswo geführte Leben von ihm abfiele und ihn nackt, neugeboren, glatt und glänzend zurückließe, all diese Zeit, die man anderswo mit seinem Getue und Gehabe vertan hat, wo doch nichts anderes zählt als hier zu sein, hier zu leben, hier zu schauen, hier zu atmen, hier, wo die Zeit nicht mehr vergeht oder wenigstens ohne Geschichte, ohne Daten und ohne Jahre vergeht, weil dies der Ort einer Vergangenheit ist, die keine Erinnerung besitzt, aber dennoch den Körper zu dem gemacht hat, der er ist, letztlich ist es so einfach, man bräuchte bloß an diesem Ort zu bleiben und in diesem Land Wurzeln zu schlagen, wozu auch wieder zurückfahren?

Dieses Land lag für meinen Vater jenseits der Meere, es hatte das Relief der Kabylei, das Licht Marokkos und Algeriens, das Weiß der Wüste. Keine Geschichte verband ihn mit ihm, keine Vergangenheit und keine Genealogie, es sei denn (man hätte es glauben können, wenn man seine sehr hellen Augen in seinem Gesicht mit dem dunklen Teint sah, seine schwarzen Haare, seine gebogene Nase) einer seiner Vorfahren aus Saint-Malo, ein Seefahrer oder Korsar, wäre vielleicht einst dort an Land gegangen, um seiner Neigung zur Rassenmischung zu frönen. Aber ich denke eher, dass er sich dieses Land als Kind, ohne überhaupt zu wissen, dass es existierte, als eine Art Antiheimat zusammendachte, als das leuchtende Negativ der Orte, an denen er aufwuchs, der grauen, verregneten Kleinstädte, des niederen Himmels, der Luft, die schwer und kalt war wie nasse Erde, der Felder in der Bretagne mit ihren Heidekräutern und ihren Steinen und dieser alten Weiber in schwarzen Kleidern und Spitzenhäubchen, die in den Kellern seiner Alpträume aus Spinnweben Garn spannen. Dieses vom Licht glattgeschliffene Land war für ein Kind, das während des Algerienkriegs aufgewachsen war, das Land der Rebellionen und der Gefahren, dessen Name bei Tisch bei seinen Eltern nicht genannt werden durfte, aber sobald die Kinder im Bett waren, war dann wohl doch halblaut die Rede von den Ausschreitungen und den Gräueln, den Fellaghas, den Folterungen, den von Ohr zu Ohr aufgeschlitzten Gesichtern, dem sogenannten Engelslächeln, und das hinter der Wand liegende Kind, das lächelte wie ein Engel, fragte sich wohl, was das bedeuten mochte, und hörte wohl auch, wie sich im Geflüster der Erwachsenen Angst und Lust mischten.

Später hat er sich in der grauen und kalten Stadt, in der er lebte, auf die Suche nach diesem Land gemacht. Nachts verließ er seine diskrete Wohnung und sein bürgerliches Viertel und ging, ging stundenlang bis zum Rand von Paris, bis zu diesen

Vorstädten, die für seine Familie und seine Freunde nun ebenfalls zu einem Ort der Angst und der Lust geworden waren und für ihn, das schwarze Schaf, den Fremden, den Verbannten, zum Land seiner Delirien:

Ich habe die Suche nach wahnhaften Lüsten und unbesonnener Geldverschwendung gekannt. In meinem Umkreis kauften manche massenhaft Autos, Elektrobohrer oder kleine Elefantenstatuen. In meinem Fall ging es darum, mein erstes orientalisches Märchen zu erleben und von Neuem auszuleben, indem ich schlafwandlerische Wanderungen bis in die Vorstadtsiedlungen unternommen habe.

Er ging stundenlang, als tanzte er auf dem Drahtseil seines Deliriums, die Augen weit offen auf seinen Wachtraum, die Autos bremsten, um ihn nicht zu überfahren, Passanten streiften ihn, Schatten tauchten auf und baten ihn um eine Zigarette oder ein paar Münzen, er sah sie nicht, er ging weiter, kerzengerade und mit weit aufgerissenen Augen, es hieß weiter gehen, gehen und gehen, um nicht der Verlockung nachzugeben und sich fallen zu lassen, und auf einmal nahm die zu helle Nacht der Siedlungen die große Schwärze des Wüstenhimmels an, jenseits des Autobahngürtels um die Stadt leuchteten Sterne auf, der Asphalt unter seinen Füßen war sanft wie Sand, die Betontürme ragten empor wie die Paläste des Orients.
Manchmal war es Tag, er konnte sich nicht mehr verlaufen, er war gezwungen sich daran zu erinnern, dass irgendwo in einer ruhigen, auf einen Park hinausgehenden Wohnung eine alte Dame den Tisch für ihn gedeckt hatte, dass am anderen Ende von Paris zwei kleine, aus der Schule zurückgekehrte Mädchen auf seinen Anruf warteten, oder er war ganz einfach müde, das Hochseil, auf dem er ging (hoch, so hoch, dass selbst die Gesichter der alten Dame und der zwei kleinen Mädchen

verschwammen), nutzte sich allmählich ab, und gleichzeitig wuchs in ihm die Lust, sich fallen zu lassen, mit ausgestreckten Armen klammerte er sich an seine Märchen aus der Kindheit, er war der Sohn eines Königs aus dem Orient, eines Fürsten der Wüste, eines starken und mächtigen Mannes, und sollte er stürzen (er würde stürzen), würde ihn dieser Mann auffangen, in seine Arme nehmen und ihn dorthin mitnehmen:

Ich habe oft die Salons der großen Pariser Hotels aufgesucht, um die arabischen Geschäftsmänner zu sehen in der Hoffnung, dass einer von ihnen mich dort hinunter mitnimmt, in das Weiß des Sandes.

Als ich ins Leichenschauhaus gegangen bin, um ihm einen Anzug und frische Wäsche zu bringen, warteten drei Jungen vor der Tür. Sie hatten wie er einen dunklen Teint und eine gebogene Nase. Sie rauchten eine Zigarette, als wollten sie sich dadurch ein wenig Haltung geben, und standen in ihren teuren Trainingsanzügen mit Mützen auf den gesenkten Köpfen und hochgezogenen Schultern feierlich und verlegen da. Am Schalter hörte ich, wie sie den Namen einer Siedlung an der Peripherie von Paris und den ihres Bruders, des toten Zwillings meines Vaters, angaben. Als ich einige Tage danach zur Abholung des Toten kam, waren an ihrer Stelle zahlreiche in bunte Schleier gehüllte Frauen da. In dem Raum am Flussufer, in dem wir warteten, saßen sie mir gegenüber und nahmen die ganze Länge der Bank ein, sie sangen, einsam und in sich gekehrt, mit leiser Stimme, geschlossenen Lippen und schaukelnden Bewegungen. Sie gingen gemeinsam hinüber, mein Vater und der junge Tote, von demselben Gesang begleitet, deshalb glaube ich, dass mein Vater vielleicht erhört worden ist, dass er, von diesem jungen Mann geführt und von diesem Gesang getragen, endlich an Land gegangen ist.

Léaud (Jean-Pierre)

Meine Mutter und mein Vater saßen nebeneinander im Ki-
no. Der Film hatte begonnen, der Saal war in Dunkelheit ge-
taucht, als meine Mutter einen Sitz hinter ihr knarren hörte.
Sie drehte sich unwillkürlich um und sah, dass sich mein Vater
dort hinsetzte. Dabei saß er doch neben ihr, rechts von ihr,
er hatte sich nicht weggerührt. Sie fragte sich die ganze Vor-
führung hindurch (die Geschichte sagt nicht, welcher Film es
war), wer dieser in der Dunkelheit aufgetauchte Doppelgänger
war. Als die Lichter wieder angingen, erkannte sie den Schau-
spieler Jean-Pierre Léaud.

Woraus man schließen muss, dass Jean-Pierre Léaud Dustin
Hoffman ähnlich sieht oder dass zwischen den beiden mein
Vater das Bindeglied ist, ein Bild, das dem Schnitt zum Opfer
fiel.

Wenn ich mir die Antoine-Doinel-Filme ansehe, sehe ich ihn
wieder, die Frisur, den Bogen der Augenbrauen, die Nase, die
nervöse Magerkeit, die ewige Zigarette, nichts fehlt, aber bei
Léaud ist da noch etwas, die Unverfrorenheit, die fragile Ar-
roganz.
Ich sehe mir die ganze Serie noch einmal an und mustere ge
spannt die Ähnlichkeit, diesen Doppelgänger aus Licht und
Schatten.
Wie Antoine Doinel in *Geraubte Küsse* liebte auch mein Vater
Frauen, die größer waren als er. Meine Mutter hat mir erzählt,
dass er vor ihrer Hochzeit nur mit blonden und monumenta-

len Schwedinnen ausging (vielleicht mit dieser Frau auf dem Foto, von deren Gesicht man nur das perfekte Oval sieht), die ihn mindestens um einen Kopf überragten.
Wie Antoine Doinel in *Liebe auf der Flucht* passierte es ihm, dass er sich auch in kleine Dunkelhaarige mit grünen Augen und einer hohen Stimme verliebte. Seine zweite Frau, das fällt mir plötzlich auf, war eine zweite Marie-France Pisier. Sie hieß in Wirklichkeit Évelyne Cruchot, ließ sich aber Ève Darsac nennen. Sie war keine Rechtsanwältin (der Rechtsanwalt war er), sondern ein leichter, sehr leichter Sopran, eine Halbweltdame, die vermutlich imstande gewesen wäre, wie die Colette bei Truffaut (»das Mädchen der musikalischen Nachmittage«) von einem im Zug getroffenen Unbekannten ein paar Scheine anzunehmen, um sein Bett im Liegewagen zu teilen. Sie hat meinen Vater geheiratet, sie hat aus ihm ihren Agenten gemacht, damit er ihr bei einer Karriere half, die nicht in Gang kam. Wenn sie nicht nach Mailand verreist waren, nahmen sie meine Schwester und mich in ein kleines Schloss mit, das Èves Großmutter in der Nähe von Paris besaß. Dort verbrachten wir unsere Zeit damit, in Gesellschaft ihrer Halbschwester, die das Down-Syndrom hatte, ihre Bühnenkostüme anzuprobieren und uns zu weigern, sie »Maman« zu nennen (unter uns war sie »die Castafiore« aus *Tim und Struppi*, die aus den *Juwelen der Sängerin*). Ganz hinten im Park stand eine kleine Gartenhütte, die wir zu unserem Haus gemacht hatten. Wochenende um Wochenende schleppten wir unsere Spielsachen und Puppen an. Mein Vater gesellte sich manchmal zu uns, um mit mir ein paar Partien »Schiffe versenken« zu spielen. Währenddessen machte Ève im Musiksalon ihre Stimmübungen. Meine Schwester und ich hatten es uns angewöhnt, sie zu imitieren, »pi-ju, pi-ju, piijoujoujou …«, mit zurückgelehntem Kopf, geschlossenen Augen und inspirierter Miene, wobei die Hand die Stimme in die hohen Töne begleitete, höher und

immer höher, bis die Erwachsenen sich die Ohren zuhielten und uns anflehten aufzuhören. Das war neben den Choreografien aus *Meet Me In St Louis* und der missglückten Synchronisierungsszene in *Singing In The Rain* zu einer unserer Lieblingsnummern geworden. Wir gaben sie bei jeder Gelegenheit zum Besten, sobald die Stille etwas zu drückend oder die Zeit etwas zu lang wurde. Einmal haben wir im Auto mit Ève und meinem Vater aus reiner Gewohnheit begonnen, »pi-ju, pi-ju …«; Ève drehte sich wütend um, während mein Vater am Steuer losprustete. Nach zwei, drei Jahren hat sie ihn verlassen und dabei seine Scheckhefte mitgehen lassen. Sie hat auch unsere Spielsachen verkauft, unsere Puppen und mein Spielbrett für »Schiffe versenken«.

Ich habe mit einer Opernsängerin zusammengelebt, die mich nicht nur an den Bettelstab gebracht hat, sondern mit ihren Stimmübungen von früh bis spät auch noch betäubt oder aus der Fassung gebracht hat, ich weiß es nicht. Aus dem Salon stieg ununterbrochen etwas hoch, was ich als Schreie wahrnahm. Mein Spaniel versteckte sich mit niedergeschlagener Miene unter meinem Schreibtisch, die Vögel verstummten. Ich höre immer noch die ersten Stimmübungen am Morgen: »he und ne und noss und nosse und nosse und nüsse und nüsse« usw.

Am beständigsten suche ich ihn oder finde ich ihn in *Tisch und Bett* (*Domicile conjugal*) wieder. Ich bin praktisch so alt wie der Film, nur ein Jahr jünger, und folglich auch, so scheint mir, wie das Kind, dessen Geburt darin erzählt wird. Diesen Film schaue ich mir an wie eine unmögliche Erinnerung, wie einen verbotenen Bericht über das, was vor meinem Leben war, wie die Archive meines Unbewussten. Ich suche darin Anhaltspunkte über die Geschichte, aus der ich hervorgegangen bin und deren Stempel ich trage, ohne Zugang zu ihr zu haben, über die Wörter, die Lichter und die Launen, die mich umgaben, über diese zwei sehr jungen und sehr fernen Menschen, die meine Eltern werden sollten, und mir scheint mitunter, dass ich sie wiederfinde, dass ich sie wiedererkenne, den fahrigen dunkelhaarigen jungen Mann mit seinen engen Pullis und seinen anliegenden Jacken, aber auch die sehr junge Frau mit dem Rehgesicht, die kleine Wohnung im 14. Arrondissement, und vor allem die extreme Jugend dieser beiden oder vielmehr ihre darunter noch so spürbare Kindheit, den Eindruck, lebhaft wie eine Reminiszenz, zweier Kinder, die Mama und Papa spielen (Claude Jade mit ihrer Pelzmütze und ihrem Einkaufsnetz als Hausfrau verkleidet, die stolz wie ein kleines Mädchen darauf besteht, mit »Madame« angesprochen zu werden, und auch ihre Röcke, ihre Blusen und ihre Haarknoten, die kleinbürgerliche Ordnung ihrer Wohnung, ihre brave Höflichkeit, die Mahlzeiten bei ihren Eltern, bis sie ganz so wie Kinder das Spiel satt haben und Babykost löffeln und sich auf der Couch vor dem Fernseher balgen), diese Art süßer Langeweile, diese Art Sanftmut, die man bei denen antrifft, die durch die falsche Tür in ihr Leben eingetreten sind und sich in den Netzen des Erwachsenenlebens verfangen, bevor sie wissen, wer sie sind, ich bin daraus hervorgegangen, aus zwei Kindern, die aus ihrem Spiel nicht mehr herausfanden, und dann scheint mir, dass ich Bruchstücke des Lebens mit ihnen wiederfinde, diesen gekünstelten Ton, den sie anschlugen, wenn sie Gäste zum Abendessen hatten, den Ernst, mit dem mein Vater seine Rolle spielte, während meine Mutter neben ihm schwebte in einer Wolke des Wartens und Zögerns und auf den Moment harrte und wohl noch immer harrt, in dem ihr wahres Leben beginnen würde, dabei war ich so klein, ich konnte kaum sprechen, und sie, sie waren kaum zwanzig Jahre älter, zuvor, kurz vor der Wohnung in der Avenue du Maine, übte meine Vater, man hatte sein Talent erkannt, das Amt eines Kabinettchefs in

einer Provinzpräfektur aus, den ganzen Tag lang spielte er den wichtigen Herrn, erledigte Akten und kümmerte sich um die Umschulung der Arbeiter im Bergbau, aber am Abend kehrte er zum Schlafen in die Kaserne zurück, in der er seinen Wehrdienst absolviert hatte, meine Mutter und ich waren allein in der großen, düsteren und eiskalten Dienstwohnung, bewacht von einem Polizisten, der vor meinem Kinderwagen Habachtstellung einnahm, sie hatte Angst, sie flüchtete sich in die Küche, die groß war wie ein Ballsaal, stellte meinen Tragekorb auf den Tisch, telefonierte mit ihrer Mutter und versuchte für ihre Prüfungen zu lernen, indem sie Barbey d'Aurevilly las, manchmal bemühte sie sich auch, ihre Rolle als Honoratiorengattin zu spielen, sie stellte Buffets und Empfänge zusammen und schnitt die Kochrezepte aus *Elle* aus, die sie in großen orangefarbenen Plastikboxen ablegte: es war kein Platz in diesem Leben für die Jugend, man hatte sie damals noch nicht erfunden, ihre Jugend würden sie später leben, jeder für sich, inzwischen waren zwei Kinder auf die Welt gekommen.
Im Mai 68 gab es meine Schwester und mich noch nicht, sie hatten soeben geheiratet (auf den Hochzeitsfotos sind sie noch so jung, zum Weinen jung, von bestürzender Anmut und Zerbrechlichkeit, er trägt den Frack mit Eleganz, aber auf der Stirn hat er noch Spuren von Akne und vor dem Altar beißt er sich in die Lippen wie ein Junge, der seine Lektion vergessen hat, während sie, ein Meer von Weiß – auf ihrem blonden, über der Stirn gescheitelten Haar sitzt eine Blumenkrone, in ihrer behandschuhten Hand hält sie einen Strauß Calla-Lilien –, die verschwindende Schönheit einer Erscheinung besitzt, man könnte meinen, sie würde sich sogleich auflösen und in den Wolken aufgehen, von denen sich ihre zarten Formen abheben, sie ist übrigens gar nicht da, sie schwebt, aber nicht das Glück trägt sie, vielmehr eine Art absolute Unbestimmtheit – die vermutlich die Mütter mit dem besorgten Blick unter ihren

Pelzmützen erraten –, hinter den Falten ihres langen Brautschleiers sind ihre stark geschminkten Augen ausdruckslos, ein Reh im Kegel eines Scheinwerfers, in einer unerbittlichen Verwunderung, in der vermutlich auch eine gewisse Sanftheit liegt, wandern ihre Augen und schließen sich mitunter, ihre Lippen öffnen sich einen Spalt zu einem kleinen Lächeln, während behandschuhte Hände ihr Schicksal in ein schweres Register eintragen, dämmert sie, von ihrer Kindheit eingeholt, vor sich hin).

Als Jungverheiratete hatten sie 1968 alles verpasst, meine Mutter strickte traumverloren Schals voller Löcher für die Kinder, mit denen sie noch nicht schwanger war, er konnte seine Rolle nicht finden, Bulle oder Ganove, Herr oder Rebell, er zögerte, er war zweiundzwanzig, aber er unterrichtete in Nanterre, er stand in einem Hörsaal weit weg vom Bahnhof und vom Mädchenheim vor seinen braven Studenten und fluchte über den Schlamm, der seine englischen Schuhe verdreckte, er hat nichts vorausgeahnt, absolut nichts, als es los ging, ist er als Zuschauer herumgelaufen, nach Assas, zur Sorbonne, zum Panthéon, entsetzt über die Brutalität der rechtsradikalen Studentengruppe GUD (»*Kolosse in Lederkleidung, die schwere Kampfketten tragen, man könnte meinen Wikinger, denn viele waren bärtig und langhaarig*«), aber auch ein wenig, glaube ich, über die Besetzung der Hörsäle, den Krawall unter den holzvertäfelten Decken, die Sprechblase über dem Porträt von Richelieu, in der »Liebt einander« stand, am Abend ging er zu meiner Mutter in die kleine Wohnung im vierzehnten Arrondissement, und von ihrem Fenster aus betrachteten sie die gelben Lichter der Explosionen über dem Boulevard Saint-Michel, bis sie dann doch Lust hatte hinzugehen, sie sind auf die Straße hinunter, aber in der Avenue Denfert-Rochereau wurden sie von einer Sperre der Sondereinheiten aufgehalten (»*mit ihren schwarzen Helmen, ihren schwarz glänzenden Män-*

teln, ihren langen Knüppeln und ihren Waffen konnten sie einem nur Angst machen«), eines Nachts jedoch wollte er hingehen, denn endlich wusste er es, er hatte herausgefunden, welche Rolle er spielen wollte.

Meine Frau und ich sind als frisch Verheiratete nur einmal in der Nacht ausgegangen. Im Radio wurde angekündigt, dass das neue Tränengas die Studenten blind macht und man unbedingt Verbandstoff, Watte und Äther in die medizinische Fakultät mitbringen solle. Wir waren beide Kinder von Ärzten und fühlten uns doppelt betroffen. Wir stiegen ins Auto, auf das ich rote, auf weißen Taschentüchern festgemachte Kreuze geklebt hatte, und fuhren bis zur Odéon-Kreuzung. Die angehenden Ärzte waren gerade dabei, die Gitter zuzumachen. Sie sagten zu mir, »hau schnell ab, es kommt ein Angriff«. Meine Frau strickte im Auto. Ich setzte mich ans Steuer und sagte zu ihr, »pass auf, jetzt wird's brutal«. Das war auch der Fall, und gerade noch rechtzeitig, denn die erste Reihe des Trupps war zwanzig Meter von uns entfernt. Ich habe eine Tränengasgranate abbekommen, weil ich dummerweise mein Fenster halb offen gelassen hatte. Meine Gattin zum Glück nichts, sie verpatzte bloß bei ihrem Strickzeug eine Reihe.

Jahre später bin auch ich Jean-Pierre Léaud über den Weg gelaufen. Er saß in einer Art starrer und verstörter Niedergeschlagenheit allein vor einem Glas Bier auf der Terrasse eines Cafés in der Rue Daguerre. Er war ganz in schwarz gekleidet, und seine immer noch so schwarzen Haare fielen in langen Strähnen auf einen aufgeknöpften Überzieher. Er war gealtert wie mein Vater, auch dicker geworden wie er, sein Gesicht war aufgedunsen von den Medikamenten, die beide gegen dieselbe Krankheit einnahmen.

Ich habe ihn ein letztes Mal wiedergesehen, in einer schlaflosen Nacht, in *I hired a Contract Killer* von Aki Kaurismäki. Die ausgeliehene Kassette war so abgenutzt, dass man den Ton nicht mehr hörte, nur mehr das Rauschen des Bandes. In der Dunkelheit liegend, habe ich mir diesen gespenstischen, nächtlichen und verregneten Film mit seinen grellen Farben und seinem flackernden Lichtschimmern angesehen. Er hatte seine jugendliche Magerkeit wiedergefunden, aber seine Unverfrorenheit, seine Komik und seine Arroganz verloren. Ich wusste nichts von ihm, außer dass er seinen Tod suchte und ihm aus dem Weg ging.

In *Das grüne Zimmer* spielt Jean-Pierre Léaud nicht, aber ein Datum wird ausgesprochen, das Todesdatum meines Vaters.

Mouton noir — Schwarzes Schaf

Müsste ich für die Seele meines Vaters ein Wappen entwerfen (was ich natürlich nicht kann), würde ich sie diagonal in zwei Felder geteilt darstellen, mit den Farben Purpur und Blau, im oberen Feld ein weißes Pferd, im unteren Feld ein schwarzes Schaf. Das Pferd auf blauem Grund, das Schaf auf rotem. Dieses Wappen müsste man in Bewegung versetzen und zeigen, wie der Schatten mit dem Schwarz kämpft, das Blau mit dem Silber, und wie auch andere Wappen Eintritt verlangen (etwa das eines Siegelrings, den er trug, wenn er sich als Königssohn phantasierte). Das schwarze Schaf hat er nicht gewählt, andere haben es für ihn getan, seine Familie, seine Schwestern, die weißen Schafe, um ihn gründlicher zu ächten. Dennoch hat er daraus den Titel seines Manuskripts gemacht, seines unmöglichen Selbstporträts, als ob unter all den Gestalten, die sich auf diesen Seiten tummeln, den Helden, den Märtyrern, den Heiligen und den Narren, den Guten und den Bösen diese eine, die seines Makels, seines Schandflecks oder einfach die seiner Einsamkeit und seiner Fremdheit diejenige wäre, mit der er sich am ehesten identifizieren konnte.

Als mir von meinen Schwestern die Bezeichnung »schwarzes Schaf« angehängt wurde, hätte ich lächeln können. Weder mag ich die blöden Schafe noch ihr Blöken (und auch nicht die von Panurg mit ihrem Herdentrieb). Ich bin ganz sicher nicht so, ganz im Gegenteil, man hat mir so oft und mein ganzes Leben lang geraten, »so zu sein wie die anderen«, dass mein Tiersymbol ganz sicher nicht schafartig ist. Und wenn es ein moralisches Urteil über die Schwärze meiner Seele ist, dann bestreite ich das. Ich habe so wie jeder andere einen Schatten in mir, aber wenigstens bin ich mit ihm vertraut und vor ihm gewarnt. Ich habe tatsächlich ein bipolares Spektrum, und ich behandle es. Wenn es darin ziemlich zugeht wie in den Geisterbahnen auf den Jahrmärkten, dann gehe ich dorthin, wo ich davor geschützt bin, und zwar ganz von selbst.

Das schwarze Schaf geistert durch sein Manuskript, das Schaf ist es, das Seite um Seite die Last seiner Delirien und seines Irreseins trägt, sein Blöken weckt ihn nachts, sein Vlies schmückt die begehrte und gefürchtete Frau, von der er das endgültige Urteil erwartet, das Schaf ist es, das, wenn er trinkt, »*geschunden ist und entblößt von der negativen Hellsichtigkeit des Alkohols*«.
Dennoch lockt er es näher und zähmt es, als ob er nach all diesen Jahren, an der Schwelle seiner Nacht, gelernt hätte, mit dem Schatten in ihm zu spielen, und darauf verzichtet hätte, »*so zu sein wie die anderen*«, so zu tun *als ob*, als ob er diese ihm aufgezwungene Gestalt akzeptiert hätte, dieses Porträt seiner selbst als räudiges Schaf, als Sündenbock, als verlorenes Schaf, als was weiß ich noch alles, als ob er seinen Wahnsinn gastlich aufgenommen und dadurch den Wunsch und die Hoffnung verspürt hätte, nicht mehr darunter zu leiden, immer noch allein, immer noch anders, aber zur Ruhe gekommen:

Vielleicht werde ich eines Tages imstande sein, das schwarze Schaf mit einem Fußtritt auf die andere Seite des Planeten zum Teufel zu jagen, damit es mich in Ruhe lässt in einer Welt des Kleinen Prinzen, in der ich dann vor dem Aufstieg in den Himmel meinen Motor repariere, meinen Fuchs streichle und den Satelliten beim Tanzen zuschaue.

Das schwarze Schaf ist allerdings nicht das einzige Tier, das in ihm sein Unwesen treibt. In diesem inneren Bestiarium, auf seinem Jahrmarkt der Monster, gibt es neben dem Fuchs auch noch betrunkene Spatzen, »*die sich mit den gärenden Trauben des wilden Weins besaufen und dann, aber noch lauter piepsend, alle zusammen davonfliegen*«, und »*sündenbeladene Maultiere*« sowie Frösche und Fische:

Ich fühle mich im Wasser wohler als auf dem Strand, ich könnte stundenlang drin bleiben. Und ich denke an den Irrsinnsanfall von Paul Deschanel, der im Frack in einem Becken des Schlosses in Versailles herumwanderte und nur unter der Bedingung heraussteigen wollte, dass ihm das Präsidium des Staatsrates einen Erlass überreicht, in dem er zum Fisch ernannt wird. Ein sehr natürlicher Antrag, wenn man bedenkt, dass der Mensch vom Fisch abstammt. Vielleicht tendierte der Urfisch dazu, sich dem Himmel anzunähern und dabei auf den Schutz des Wassers zu verzichten. Man weiß, wie es sich mit den Froschregen verhält und wie sehr sich Jean Rostand dafür interessierte.

Dem schwarzen Schaf steht auch ein weißes Pferd gegenüber. Es ist keine Gestalt, die ihm von den anderen aufgezwungen wurde, von der Herde, von allen denen, zu denen er sich nicht zählen kann. Es taucht aus seinen Träumen auf. Aber es ist keine erschreckende Kreatur, es ist nicht die Nachtmähre der Alpträume. Wenn ihn das schwarze Schaf in den Abgrund drängt, hin zum Schatten, zu den Gespenstern und den Geisterbahnen, trägt ihn das weiße Pferd zu den Gipfeln, hoch hinauf in die schwindelerregende Leere, wo ihm, und er weiß es, von der Geschwindigkeit, der freien Luft und der Freiheit berauscht, der Absturz droht.

Ich habe unlängst im Spital, kurz vor meiner Entlassung, einen Reitertraum gehabt: Ich galoppierte allein auf einem Araberpferd über eine Art Pampa, ich hatte ein wunderbares Gefühl der Freiheit, der Wind pfiff um meine Ohren (die Reiter kennen diesen angenehmen Rausch). Dann musste man durch eine sehr breite und sehr tiefe Schlucht, auf deren Grund ein wunderschönes Gewässer floss. Das Pferd scheute nicht und sprang, als hätte es Flügel, über die große Leere, um mich ans andere Ufer zu bringen, auf dem das Schloss der Großmutter meiner Sängerin stand. Ich umrundete es, um meine heldenhafte Haltung zu zeigen, und ritt durch die nahe Ortschaft, in der ich Bistrots sah, vulgäre Frauen und Leute, die ich allesamt hässlich fand.

Daraufhin verwandelt sich der Schimmel in die Kreatur eines Alptraums, in ein teuflisches Gespann, er trägt ihn im gestreckten Galopp zu all dem zurück, wovon er weggelaufen war, zu den Kleinstädten, die im regenreichen Schatten ihrer Kathedralen vor sich hin schimmeln, zu den schwarzgekleideten alten Weibern, die beim Spinnen vor ihrer Haustür miteinander tuscheln, zu den Müttern mit den langen blutroten Fingernägeln, zu den zerschlagenen Träumen seiner Kindheit, den welken, aus dem Sattel gefallenen Helden, die nun ohne Lanzen und ohne Wappen im Schlamm liegen, zu den vom Leben verratenen Königskindern, zu den verlorenen Söhnen, die ohne Lorbeer und ohne Hochrufe heimkehren und nichts anderes anzubieten haben als das Schauspiel ihrer Verwahrlosung:

In einem anderen Traum war ich in unserer alten Provinzstadt in der Nähe der Kathedrale, mein Vater noch am Leben, und wollte auf den Dächern bis zum Haus meiner Mutter gehen. Eine Leiter bot sich an, aber ich kletterte nicht hinauf, denn mein Hund verwandelte sich in ein prächtiges weißes Pferd, das ich gern bestieg, obwohl ich feststellte, dass sein linker vorderer Huf fehlte und es so etwas wie dicke, manikürte Finger hatte. Als alte

Damen vorbeigingen, richtete es sich auf und zeigte ihnen stolz seine Art Hand. In dieser Haltung war ich wie ein Reiterheld, der seine Mutter besucht, wo ich doch in eine psychiatrische Anstalt eingeliefert werden sollte – die kurioserweise dem früheren Haus meiner Eltern gegenüber liegt.

Dann braucht er nur noch die Herde seiner Seele zusammenzutreiben und sie alle aufzunehmen und zu beherbergen, das schwarze Schaf und das weiße Pferd, den zahmen Fuchs und die betrunkenen Spatzen, das erschöpfte Maultier und die fliegenden Fische, ihre Zähne, ihre Klauen und ihr Vlies aufzugeben und darauf zu verzichten, sich daraus Zierden, Waffen und Wappen zu machen, sie in seinem inneren Zirkus, seiner sandigen Arena nicht gegeneinander aufzubringen und einfach zu wissen, dass sie tief in seinem Inneren da sind mit ihren gebrochenen Beinen und Flügeln, sie röcheln und singen zu hören, in ihren Wunden seine Wunde zu erkennen und in diesem Gefühl zu verspüren, dass er trotz allem lebt.

Bei einem anfälligen Menschen, der weiß, dass er nie der Held Goethes oder der Übermensch Nietzsches sein wird, muss man seine Rückkehr ins Leben beschützen, indem man die Einheit seiner gespaltenen und unvollkommenen Seele sucht und das verletzte Tier in ihm pflegt.

Napoleon des hohen Nordens

Nachdem ich seine Asche verstreut hatte, habe ich zu Hause seinen Namen bei Google eingegeben: eine Art und Weise unter anderen, ihn herbei zu beschwören, seine Spuren abzugehen, ein Echo in den leeren Raum zu senden. Einige Einträge erwähnten seine Bücher, seine Vorträge. Ein anderer sprach von seinem Tod: »*François-Xavier Aubry wird sich auf vertrautem Gelände befinden. Er ist gestorben wie die mutigen Männer…*«. Ich habe geklickt und einen Artikel geöffnet mit dem Titel: *François-Xavier Aubry: ein großer Unbekannter*, von Pierre Cécil, Appartenance Mauricie, Société d'histoire régionale, Québec. Darin stand die Geschichte des Mannes, der mein Vater gern gewesen wäre, der er vielleicht gewesen war (in diesen Momenten will man an frühere Leben glauben und an die, die von Neuem beginnen können) und der, wer weiß, vermittelt durch seinen Namen, eineinhalb Jahrhunderte danach in seiner dunklen Sehnsucht, in seinem magischen Gedächtnis anwesend war. Es war eine hochdramatische Geschichte, eine Geschichte mit einem Abenteurer, einem Entdecker, mit unermesslichen Landschaften und Heldentaten, mit Ruhmestaten und Wirren, eine dieser Geschichten mit Cowboys und Indianern, treuen Tieren und wilden Feinden, die man den kleinen Jungen zum Einschlafen erzählt. Der erste François-Xavier Aubry, dieser zugleich wirkliche und erträumte Ahne-und-Doppelgänger, ist wie mein Vater im Dezember geboren, und zwar in einer Familie, die wie die meines Vaters aus Saint-Malo stammt. Er war genauso wie er von »*schlanker und mittelgroßer Gestalt*« (so beschreibt ihn Leutnant George

Breweton) und liebte starke Getränke, Hunde und Pferde. Er ist in einer Familie mit dreizehn Kindern der Viertgeborene und mit zwölf Jahren Kommis im Lagerhaus von Grand-Trompe-souris in Saint-Joseph de Maskinongé. Im Mai 1843 ist er neunzehn und bricht auf. Er verlässt Québec und geht nach Saint-Louis, Missouri. Der Wilde Westen lockt ihn (»*Paradies der wilden Pferde, der Büffel, der Bären, der Präriehunde, der wilden Ziegen und anderer Arten*«, schreibt Pierre Cécil). Dank seiner Erfahrung als Kommis wird er zum Leiter einer Planwagenkolonne. Er lernt, wie man Männer einstellt, Nahrung, Wasser, Gewehre und Munitionen in ausreichender Menge bereitstellt und die widerstandsfähigsten Maultiere und Pferde auswählt. Er verhandelt direkt mit den Händlern in New York, um die besten Preise zu erzielen. Sehr rasch wird er kühner und organisiert nicht eine, sondern zwei Wagenkolonnen pro Jahr: Zwischen 1846 und 1856 organisiert er sechzehn Expeditionen und legt vierzehn Mal die Strecke nach Santa Fe und zweimal die nach Chihuahua zurück. Er transportiert immer mehr Güter, 5000 Schafe bis nach San Francisco, wenige Monate darauf 50 000 bis nach Los Angeles. Sein Ruf wächst, in Kansas City, in Independence kündigen die Zeitungen seine Ankunft an, um die Kunden anzulocken, der *Santa Fe Republican* zählt den Inhalt seiner Kolonnen auf, in New Mexiko veröffentlicht *L'Amigo des Pais* seine Reisetagebücher, bald ist er so bekannt wie Kit Carson und Thomas Fitzpatrick, wie die großen Trapper, Pioniere, Entdecker des Westens, Indianerfeinde und Wegbereiter. Immer mehr Reisende schließen sich seinen Karawanen an, Händler, Missionare, Goldsucher, Siedler, Ärzte, Militärs, seine gelten als die sichersten und die schnellsten. Er wird zu Pferd abgebildet, auf seiner blonden Stute Dolly, einem prächtigen Tier, das für die Büffeljagd abgerichtet ist, robust, kühn und schnell wie der Blitz, »*das schönste Exemplar eines Pferdes, das wir je gesehen haben*«, schreibt Alexander Majors, ein Händler aus Missouri. Man erzählt, man habe ihm tolle Summen für sie geboten, einmal haben ihn sogar Indianer angegriffen, um sie in ihren Besitz zu bekommen, und er hat stundenlang mit ihnen verhandelt und sie mit Geschenken und Geld überhäuft, um sie zurückzubekommen. Im September 1848 legt er einen mythischen Ritt zurück: Er hatte bereits im Januar den Rekord von Norris Colburn geschlagen und die 1300 Kilometer zwischen Santa Fe und Independence in 14 Tagen zurückgelegt, dann im Mai seinen eigenen Rekord, indem er für die Strecke nur mehr achteinhalb Tage benötigte, und nun kündigt er an, dass er sie in weniger als sechs Tagen schaffen werde. Großes Rauschen im Blätterwald, Wetten werden abgeschlossen. Am 12. September verlässt er Santa Fe im Morgengrauen mit Dolly. Das erste der fünf Relais ist 300 Kilometer entfernt. Er reitet, ohne Pausen einzulegen. Die Apachen, die in der Gegend um Santa Fe leben, lassen ihn passieren, aber die Elemente sind gegen ihn, es regnet vierundzwanzig Stunden ohne Unterbrechung, die Flüsse führen Hochwasser, der Weg ist nur mehr ein Schlammfluss. Dennoch trifft er am Abend des 17. September in Independence ein. Er hat nur ein paar Stunden geschlafen, nur sechs Mahlzeiten eingenommen und sechs Pferde erschöpft. Einige Jahre später, im Jahr 1860, lässt sich der *Pony Express* und einer seiner jungen Reiter, William Cody, besser bekannt als Buffalo Bill, von seinem Relaissystem anregen, um innerhalb von acht Tagen die Post vom Osten in den Westen der Vereinigten Staaten zu transportieren, bevor er ein Jahr später durch die Erfindung des Telegrafen entthront wird. Der Historiker William Vissher sieht in diesem Ritt »*die größte körperliche Leistung, die ein Reiter im Westen je erbracht hat*«. Inzwischen ist die schöne, blonde Dolly auf einer Expedition nach Kalifornien durch die Pfeile der Garroteros ums Leben gekommen. Ihr achtmal verwundeter, isolierter und ausgehungerter Besitzer ist gezwungen, ihr Fleisch zu essen, um zu überleben. Er schlägt sich dennoch bis nach San Francisco durch. Und auf dieser Reise eröffnet er die berühmte Route durch das Zentrum, die Albuquerque-Route auf dem 35. Breitengrad. Die Geologen, die Politiker und Kit Carson selbst geben zu, dass diese Route für die neue Eisenbahn, für die man Pläne schmiedet, günstiger ist als die Gila-Route. Doch der frühere Major Richard Weightman, der Gründer des *Amigo des Pais*, ein ehemaliges Mitglied der Elitetruppen im Krieg gegen Mexiko, die für ihre Lieblingswaffe, das Bowie-Messer, und ihre große Fertigkeit im Umgang damit berühmt sind, startet eine Kampagne gegen Aubry, der wütend und verleumdet wieder nach Santa Fe aufbricht. Nach seiner Ankunft geht er in das Lagerhaus der Brüder Mercure und bestellt etwas zu trinken. Weightman erfährt von seiner Anwesenheit und geht zu ihm. Er reicht ihm die Hand, die Diskussion beginnt. Sehr schnell wird der Ton heftiger. Weightman, ein heißblütiger Mann, der Duelle liebte, schüttet ihm sein Glas ins Gesicht. Aubry greift nach seinem Revolver, der Schuss geht nach oben los. Weightman stürzt sich auf ihn, zieht sein Bowie-Messer und schlitzt ihm den Bauch auf. Das geschah am 18. August 1854 gegen drei Uhr am Nachmittag. Aubry war neunundzwanzig Jahre alt. Die *New York Daily Times* schreibt, er habe zehn Leben in einem halben geführt: *»François-Xavier Aubry war gestorben, wie die mutigen Männer im Westen sterben, wo jeder bereit war, sein Leben zu verlieren, um seine Ehre zu retten. Er ist als Held gestorben. Doch er hatte das Unglück, zwanzig Jahre zu früh zu sterben. Das amerikanische Kollektivgedächtnis hat ihm nicht den gleichen Stellenwert eingeräumt wie Kit Carson, William Cody oder Davy Crockett.«*

Es waren die ersten Weihnachten nach seinem Tod. Wir waren in dem großen Landhaus der anderen Familie versammelt, derjenigen, die alles hat, Geld Macht und Renommée, und den Rest übrigens auch, das, was er verloren hatte und so sehr wiederfinden wollte, ein Leben ohne Bedrohungen, ohne Katastrophe und ohne Zusammenbruch. Es war letztlich nur ein weiteres Weihnachtsfest ohne ihn, im Jahr davor hatten wir ihn aus einem Spital in der Nähe von Paris abgeholt, er hatte eine Ausgeherlaubnis erhalten. Wir hatten ihn zum Mittagessen mitgenommen und im nächstgelegenen Bistrot Couscous gegessen, er hatte es ich weiß nicht wie geschafft, ein Geschenk für meine Tochter aufzutreiben, ein Barbapapa aus rosa Plüsch, ein Jahr zuvor hatte er sich in Soissons in den Zug gesetzt und war zum Mittagessen zu mir gekommen, ich hatte die Tür aufgemacht und gesehen, dass er um zwanzig Jahre gealtert war, sein Haar war weiß, er trug Stock und Hut und die Kleider seines Vaters, wir hatten gegessen, Geschenke überreicht, ich war sauer auf ihn, weil er meiner Tochter nur einen Gegenstand von ihm zuhause mitgebracht hatte, ein schlampig verpacktes geschnitztes afrikanisches Holz, ich weiß weder was noch ob er mir etwas geschenkt hat, am Abend waren wir wie jedes Jahr aufgebrochen und in das große Landhaus am Ufer des Flusses gefahren, Feuer im offenen Kamin, ein geschmückter Weihnachtsbaum, in dieser Wärme und in diesem Licht versuchten wir ihn zu vergessen und uns zu trösten über diesen Schmerz, der eigentlich seiner war, seit Jahren schon hatten wir diesen Abend nicht mit ihm verbracht, keine Stepptanznummer vorgeführt und keine Szene von Molière oder aus *Meet Me in St Louis*, schon als Kinder schleppte man uns an diesen Abenden von einem Haus zum andern, aber in beiden gab es eine Tanne, ein Kaminfeuer, eine Familie, er war jetzt allein im Fernsehzimmer mit den grün gestrichenen Wänden und dem verdreckten Linoleum, allein am Weihnachtsabend mit den Irren, die mit ihren zahnlosen Mündern lachten und mit ihren schief sitzenden Papierdreiecken auf dem Kopf in ihren lauwarmen

Sekt bliesen, der Großherzigkeit der Krankenschwestern überlassen, dem brüchigen Lachen und dem einäugigen Lächeln der Abnormalen, der Randexistenzen, allein mit ihnen, die ihn besser betreuten als wir, allein mit ihnen, die ihm vielleicht näher standen als wir, den Irren in den grünen Krankenhaussälen, den Clochards in ihren Zelten an den Ufern in Paris, sogar in den guten Jahren ging er an diesen Abenden zu ihnen, selbst als er für eine gewisse Zeit auf der anderen Seite war, auf der Seite der Familien, die sich um das lauwarme Feuer der Normalität versammelten, ging er am Weihnachtsabend zu ihnen, um in einem Pfarrsaal, einem zugigen Speisesaal der Heilsarmee oder einer Kantine der Restaurants du cœur mit ihnen kalten Truthahn zu essen und ein Glas Sekt zu trinken, nein, nein, das ist schon in Ordnung, sagte er zu mir und, ich habe euch ja zu Mittag gesehen, wir rufen uns morgen an, also fuhren wir zur anderen Familie, in das Landhaus am Fluss, zum reich gedeckten Tisch, zu den Bergen von Geschenken, und versuchten diesen Schmerz zu vergessen, der doch seiner war, uns über ihn hinwegzutrösten, anstatt ihn zu lindern, hatte man uns nicht gesagt, dass wir nichts für ihn tun konnten, dass wir an uns denken sollten, an unsere Leben, die trotz allem im Schatten seines Lebens florierten, hatte ich sie oft genug gehört, diese Aufforderung zur Ungerührtheit, zum Überleben, die sich vielleicht auch auf eine ganz einfache Wahrheit stützt, nämlich dass er der Vater ist und du das Kind bist, aber auch bei Tisch mit der anderen Familie vor dem dampfenden Truthahn und den Sektgläsern blieb ich seine Tochter und irgendwer musste doch das vergiftete Geschenk der Vererbung entgegennehmen, es den Heiligen Königen abnehmen, den Abgesandten der verlorenen Königreiche und der gefallenen Väter, die vom dunklen Stern der Melancholie an den Ufern von Paris entlang in die Vorstadtspitäler geführt wurden, in sein Notizbuch hatte er am Tag vor seinem Tod in großen

Lettern *»Ich der ohnmächtige Vater«* geschrieben, irgendwer musste diesen Vater ehren, ein Teil von mir wenigstens, ein kindlicher, dunkler, hartnäckiger Teil, auf einem Bein hinüber hüpfen und bei ihm sein auf dem Fest im Narrenschiff, den sorgfältig gezogenen Kreis durchbrechen, der ihn ausschloss, ihn ehren, seine Schande und seine Unehre teilen, mit ihm auf die andere Seite wechseln zu denen, die ihr Gesicht an die Scheibe pressen und die Feste betrachten, zu denen sie nicht eingeladen sind, die üppigen Tafeln, die lärmenden und ordengeschmückten Gäste mit den weit aufgerissenen Mündern, mit denen sie ein wenig Luft schnappen wie Fische in einem Aquarium, zumal die Stille an diesem ersten Weihnachtsfest nach seinem Tod ohrenbetäubend war, also habe ich in der Stunde, in der man rund um den Kamin und gewärmt vom lauen Feuer der Normalität halblaut plauderte, Neuigkeiten austauschte – Kinder, Ferien, Beruf, fein säuberlich geschnürte Lebenspakete –, in der Dämmerstunde, in der wir früher telefonierten (was für schöne Weihnachten ich euch zu verdanken habe, meine Lieben, sagte er zu uns, ich werde beim Einschlafen an euch denken), als sich der Tag neigte, die Stille gebrochen und einen Tanzschritt gemacht, einen Schritt zur Seite, zur Seite der Einsamen der Penner und der Irren, zur Seite der Toten, deren Stimme man übertönt, zur Seite der Grablosen, die man im Vergessen begräbt, zur Seite der zerbrechlichen Gespenster, die nichts verlangen, nichts anderes als einen warmen Hauch, um manchmal ihren Namen auszusprechen, nichts anderes als einen leichten Beschlag auf der Scheibe, die die Lebenden beschützt, einen Hauch, ein Zeichen, das ihre Abwesenheit wiederbelebt und für eine Weile noch vor dem Nichts bewahrt, deshalb habe ich an diesem Abend laut seinen Namen ausgesprochen, François-Xavier Aubry, der Napoleon des hohen Nordens, habe ich sehr laut gesagt, während man eines dieser idiotischen Bücher durchblättert, die man an diesem Tag schenkt, ein Lexikon der Eigennamen, das jemand beim Buchstaben A aufgeschlagen und sich dabei gewundert hat, dass es in Québec so viele Aubrys gibt, das kommt, habe ich sehr laut gesagt, von einem berühmten Entdecker aus Saint-Malo, François-Xavier Aubry, dem Napoleon des hohen Nordens, und der Kreis des Schweigens hat sich wieder geschlossen wie stehendes Wasser über dem Stein, den man hineingeworfen hat, sie haben mich für verrückt gehalten oder geglaubt, ich hätte diese skurrile Anekdote schlauerweise erfunden, um sie in Verlegenheit und aus der Fassung zu bringen, aber das Trauern hat nichts mit dem Verrücktsein und auch nicht mit der Treue zu tun, die Verrückten sind die, die vergessen und den Namen nicht aussprechen und immer so tun, als ob nichts wäre, also habe ich das Haus verlassen, das lauwarme und dösende Haus und die Kreise, die sich über diesem ins schwere Wasser des Schweigens gefallenen Namen schlossen, ich bin in den bereits dunklen und regnerischen Garten hinaus und zum Ufer des Flusses hinuntergegangen, der sich in gelben Wellen vorbeiwälzte, ich habe ihn um Verzeihung gebeten, um Verzeihung aus ganzem Herzen, ein letztes Mal um Verzeihung dafür, seinen Schmerz getragen zu haben, anstatt ihn zu lindern, an ihm eher gelitten zu haben anstatt ihn zu lieben, um Verzeihung dafür, dass ich so sehr versucht hatte, mich über ihn hinwegzutrösten.

(Beim Schreiben dieses Buches tue ich letztlich nichts anderes als seinen Namen aussprechen.)

Obscur — Dunkel

Ich war am rechten Ufer eines Flusses, auf dem ein Haus stand – und am anderen Ufer sah ich meine Frau mit ihrem blauen Fahrrad, in fröhliche Farben gekleidet, die mir ganz liebenswürdig zulächelte und auf Wiedersehen sagte. Sie ging auf die Sonne zu; ich brach auf die andere Seite auf, Richtung Regen und Wind, Land der Toten und der Priester. Ich stieg in den Keller des Hauses hinunter und traf dort sehr alte Damen an, die eher tot als lebendig waren, sie bildeten ein Viereck und waren von düsteren Gegenständen umgeben: von Schädeln, von Kruzifixen, von geplatzten Dudelsäcken, von Modellen alter Schiffe ohne Masten, von Spinnrädern, die mit Spinnweben bedeckt waren … Dieser Traum zeigte mir an, dass sich zwei Welten trennten.

Meine Schwester und ich sind auf beiden Seiten des Flusses aufgewachsen, zwischen dem Schatten und dem Licht, auf beiden Seiten der Welt, ihrer spiegelnden Oberfläche und ihren großen Tiefen, den vom Leben Verwöhnten und den vom Leben schwer Mitgenommenen, hin und her gerissen zwischen zwei Ufern, die sich allmählich voneinander entfernten, am Anfang war der Abstand nicht so groß, wir wechselten unschwer von einem zum andern über, im Sommer verließen wir Ende Juli immer die großen Häuser in der Provence, die pralle Sonne, die Feste und die Festivals und fuhren zu ihm in die Bretagne, wir wussten nicht, dass er damals den Juli in einem Sanatorium verbracht hatte, um wieder zu Kräften zu kommen für die Tage, die wir gemeinsam verbringen würden, bei unserer Ankunft hatte er große Pläne, wir würden segeln gehen Pfannkuchen machen Tennis spielen Rad fahren, aber es war zu hart für ihn, jeden Tag den Schein zu wahren, also verschwand er allmählich, schon am Morgen stieg er drei Stufen vom Salon hinunter in ein schlecht beleuchtetes Büro, das durch die Stoffbehänge, die zu vielen Möbel und die verstaubten Bücher noch düsterer wurde, er müsse arbeiten, sagte er, Vorlesungen vorbereiten, wir gingen mit meiner Großmutter zum Strand, während er seine Hefte vollschrieb und rauchte, wenn wir zurück waren, erzählten wir ihm von unserem Tag, vom Schwimmen im kalten Wasser, von unseren Sandburgen, wir wussten nichts von seinem Tag, auch wir wahrten den Schein –

Als die Mädchen ankamen – ich sehe sie noch vor mir, wie sie in den Westen, auf denen ihre Namen standen, Hand in Hand aus dem Flugzeug steigen –, kehrten für einen Monat, der viel zu schnell verging, auch das Glück und sehr viel Zärtlichkeit wieder. Ich empfand dennoch ein schreckliches Gefühl der Absonderung und der Fremdheit. Mein einziges Vergnügen bestand darin, allein auf den Küstenwegen zu gehen; ich setzte in einer Werft am Ufer einer schlammigen Bucht das Boot instand, das mir mein Vater geschenkt hatte, und gönnte mir um 17 Uhr ein Bier. Das interessierte mich nicht im geringsten, und ich kann mich nicht daran erinnern, mit diesem Kormoran mehr als drei oder vier Mal aufs Meer hinausgefahren zu sein, und noch dazu so unsicher, dass ein Freund, der Besitzer der Werft, mir freundschaftlich verboten hatte, weiter zu segeln als bis zur Mole. Dabei war ich ein guter Segler gewesen, aber durch die Krankheit bin ich zu einer Gefahr für die andern geworden.

Abends kamen manchmal meine Tanten mit Ehemann und Kindern zum Abendessen, meine Großmutter tischte Platten mit Meeresfrüchten oder ein Brathuhn mit Bratkartoffeln auf, meine Cousins erzählten von ihren Regatten, meine Cousinen von ihren Abenden in der Diskothek, alles war einfach, wir wirkten wie eine normale Familie, man brauchte sich nur tragen zu lassen, ich bekam zwar manchmal mit, wie in der Küche getuschelt wurde, *die Kleinen und ihr Vater*, ich hatte zwar, um meinen Vater nicht zu verletzen, gelernt zu schweigen, wenn jemand bei Tisch das Vermögen der Erbin erwähnte, bei der wir den Juli verbracht hatten (Geld zählte in dieser Familie), und auch gelernt wegzuhören, wenn meine Onkel und meine Cousins grob mit ihm umsprangen, ich wünschte mir zwar mitunter, wenn sie aufbrachen, sie mögen mich mitnehmen in ihr großes weißes Haus am Strand, aber ich hatte noch nicht gelernt, in der Randzone zu leben, noch nicht die Bücher gelesen und die Wörter gefunden, die mich woandershin führen würden, dorthin, wo mir sein Wahnsinn hellsichtiger erscheinen würde als ihre Gesundheit, dort, wo der große Glanz der vom Leben verwöhnten Kinder mich nicht stärker blenden würde als die Verliese der Geächteten. Und dann kam die Pubertät, ich war zwölf oder dreizehn Jahre alt, ich war eines dieser Mädchen, die am Tag der Piratenregatta vor Kälte schlotternd auf dem Strand darauf warteten, von den Freunden ihrer Cousins unter entzücktem Protestgejohle auf deren 420er Jollen entführt zu werden, ich hatte es satt, schlafen zu gehen, solange noch Tag war und die Vögel in dem weiten, vom Regen reingewaschenen Himmel ihre Ungeduld hinausschrien, auch ich wäre gern tanzen gegangen mit den Mädchen vom Strand und ihren Piraten und im Morgengrauen barfuß und mit glänzenden Augen zu einer besorgten Mutter und einem wütenden Vater heimgekehrt, aber es war nicht so, man schickte meine Schwester und mich früh ins Bett, in unsere mit grünem Rips überzogenen Einzelbetten, zwischen denen ein Feldbett aufgestellt worden war, auf dem mein Vater, von den Medikamenten betäubt, schnarchend einschlief und dabei unsere Hände hielt, ich suchte den Schlaf, während hoch oben am Himmel im wiedergekehrten Licht die Möwen kreisten, ich war nur einmal in der Diskothek des Tennisclubs, aber mit ihm, ich war neun Jahre alt, er hatte an diesem Abend zu viel getrunken, wir waren mit dem Auto in der Nacht losgefahren, der Saal war leer bis auf eine hübsche Dunkelhaarige in schwarz, die allein vor sich hin tanzte, mein Vater saß vor seinem Whiskyglas, und wenn sie näherkam, schob er ihr einen kleinen Hocker hin, den sie mit anmutigen Bewegungen umkreiste, wobei sie hinter ihren braunen Strähnen lächelte, ohne ihn anzusehen, dieses Spiel dauerte lang, aber wir fuhren schließlich allein nach Hause. Diese Szene erzählt er nicht, er hat sie uns gegenüber nie erwähnt, aber in seinem Manuskript erfindet er für mich die Jugend, von der ich geträumt hatte:

Ich erwähne keine besondere Erinnerung an meine große Tochter während unserer Ferien in der Bretagne. Sie übernahm für ihre kleine Schwester die Mutterrolle und führte ihr Tagesleben auf olympische Art und ihr Nachtleben ich weiß nicht wie: Sie gestand mir später, dass sie jeden Abend, sobald meine Lampe ausgeschaltet war, ihr hinten im Garten aufgestelltes Zelt verließ und zu der Bande ihrer Freunde stieß, die ich kannte, weil ich sie am Strand gesehen hatte, wo sie um sie herumlagen wie die Zacken eines Sterns, dessen Mittelpunkt sie war, wobei sie ihre Zigarette rauchte wie ein Filmstar.

Diese Geschichte ist natürlich falsch oder romanhaft ausgeschmückt. In diesem Sommer, ich erinnere mich, war ich fünfzehn Jahre alt, ich trug ein weißes, auf einem Markt in der Provence gekauftes Kleid und hatte zu rauchen angefangen, er hatte auf seinem Schreibtisch ein Foto von mir stehen, auf dem ich dieses Kleid trage und eine Zigarette halte, ich verkehrte mit jungen Bretonen, deren Haut sanft und deren Namen rau waren, und mit einer halb verrückten kleinen Rothaarigen, die behauptete, von einem Geist geschwängert worden zu sein, an einem Abend habe ich tatsächlich in einem Zelt, das ganz hinten in ihrem Garten stand, bei ihr übernachtet, wir hatten vorgehabt, uns nach Einbruch der Dunkelheit davonzumachen und tanzen zu gehen, aber ein Gewitter brach aus, eines dieser gnadenlosen Unwetter, wie sie bei den Gezeiten der Tag- und Nachtgleiche auftreten, und wir haben die Nacht in unseren feuchten Schlafsäcken damit zugebracht, uns Gespenstergeschichten zu erzählen und auf die Wellen zu lauschen,

er sagt nicht, dass er in diesem Sommer versucht hat sich umzubringen, dass der Abstand zwischen den zwei Ufern noch breiter und tiefer geworden war,

wir waren am 15. Juli zu ihm gekommen, am Tag davor hatte ich meine amerikanische Brieffreundin auf das unbebaute Gelände neben der Metrostation Stalingrad geschleppt, wo wir inmitten der hohen Gräser und der mannshohen Stockrosen mit meinen Freunden auf einem kaputten Sofa Joints rauchten, Rap hörten und die wütenden bunten Fresken, die sie gesprayt hatten, betrachteten, am Abend hatte uns meine Mutter zu einer ihrer Bekannten mitgenommen, um von der Wohnung dort das Feuerwerk zu sehen, Lauren Bacall war da, schon im Flur hörte man ihre raue Stimme, wir haben zu fünft an einem Couchtisch zu Abend gegessen, die kleine Amerikanerin und ich saßen neben dem Star, sie bot uns eine Zigarette an, und während draußen die Feuerwerkskörper explodierten und den Salon erleuchteten, erklärte sie uns das Leben, es käme nur auf eines an, einen Mann zu treffen, den man lieben könne, *Humphrey and I,* sagte sie, und ihr Blick verschleierte sich, das gefiel mir, aber noch mehr, weil ich den Nachmittag auf dem Gelände verbracht hatte, die typische Anwandlung einer Jugendlichen, aber nicht nur, denn was ich vom Leben verlangte, außer meinen Bogart zu treffen, das war, von einem

Ufer, einer Welt, zur anderen überzuwechseln, ohne Steg und ohne Netz, ohne einer von ihnen anzugehören, in jeder eine Überläuferin, eine Illegale zu sein, keine Garantien abzugeben, keine Zeichen auszusenden, mich den Blicken, die entziffern und Plätze zuweisen, zu entziehen, unkenntlich, unsichtbar zu sein, Licht im Licht, Schatten unter den Schatten, selber nur ein Blick zu sein, ein Zeuge,
am Tag danach sind meine Schwester und ich in die Bretagne gefahren, was in den Tagen davor passierte weiß ich nicht mehr, ich weiß nur, an einem Abend (wir lagen schon im Bett, aber es war noch hell, eine feuchte, dunstige Helle, die nach Tang und Hortensienblüten roch) hat er sich im Badezimmer eingesperrt, hat er geschrien geweint gesagt dass er nicht mehr könne, ich weiß es nicht, wie kommt es, dass ich ihn noch mit einem Rasiermesser in der Hand auf dem Rand der Badewanne sitzen sehe, wo ich doch nichts gesehen, nur gehört habe, ich bin bis zum Zimmer meiner Großeltern gelaufen, meine Großmutter, diese immer so elegante und so sorgfältig zurechtgemachte Frau, die ihr Zimmer immer nur angekleidet, frisiert und geschminkt verließ, sprang aus dem Bett, ihr Nachthemd war hochgerafft wie das von Baubo, die die trauernde Demeter zum Lachen bringen will, nur dass ich nicht gelacht habe und dass es mein Vater war, der in der Hölle war, auch das hätte ich nicht sehen sollen, auch das war die Welt, die auf dem Kopf stand,
die darauf folgenden Tage habe ich vergessen, wir sind nicht nach Paris zurück, der Sommer war nicht zu Ende, ich habe meinen Freunden nichts gesagt, meine Schwester und ich gingen früh am Morgen aus dem Haus, wir warteten die Ebbe ab und gingen bis zu der dann freigelegten Insel, wo wir unsere Stunden damit verbrachten, auf den Felsen zu liegen und den Wellen zuzusehen, die uns mehr und mehr einkreisten.

Jahre später habe ich in den Büchern die Randzone gefunden, in der ich leben kann, in denen, die ich schreibe, das Ufer, an dem ich mich verankern kann, abends besuchte ich oft einen alten Schriftsteller, was heißt alt, er war so alt wie mein Vater, zwei Jahre jünger, und er liebte genauso wie er die kalten Meere, die Bretagne und die Segelboote, und er kannte genauso wie er den Rausch und die Melancholie. Er wusste, wie es war, morgens an fremden Orten in fremden Betten aufzuwachen mit Löchern im Gedächtnis, in denen ganze Abschnitte seines Lebens verschwunden waren, er kannte die Kliniken in der Umgebung von Paris und die Drogen, die die Welt einebnen und glätten, keine Abgründe und keine Gipfel mehr, keine Zusammenstöße, keine Dornen und keine Exzesse, eine monotone und gedämpfte Abgestumpftheit, ein schallgedämpftes Leben, vielleicht die von den Menschen der Antike ersehnte Seelenruhe, die das Leben erträglich, aber langweilig macht und mit dem Wunsch zu sterben gleichzeitig auch den zu leben abtötet. Spät in der Nacht erzählte er mir seine Not, bis ich beinahe die meines Vaters vergaß, der, von seinen Medikamenten betäubt, vermutlich schon lange schlief, wir unterhielten uns über die großen Melancholiker, die Zornigen, die Philanthropen, die Mitleidigen, die Wagemutigen, die Grausamen, die Schweigsamen, die alle unbeständig sind, sagt Aristoteles, alle begabt, wir saßen in Bars und tranken diese schäumenden und goldfarbenen Getränke, die Freunde der schwarzen Galle sind, ich schenkte ihm Mohnblüten, um sein Gedächtnis darin abzulegen, und Notizbücher, um es darin festzuhalten, ich las ihm Hippocrates vor:

Sorge, schwierige Krankheit: Der Kranke scheint in den Eingeweiden gleichsam einen Dorn zu haben, der ihn sticht; die Angst quält ihn; er flieht vor dem Licht und den Menschen, er liebt die Finsternis; die Furcht befällt ihn; man tut ihm weh, wenn man ihn berührt; er hat Angst; er hat entsetzliche Gesichte und schreckliche Träume und manchmal sieht er die Toten.

Wir verwandelten unser Übel in Worte, unser Leiden in Wissen, in den dunklen Bars, vor den goldenen Gläsern, verschwammen seine Züge, er versank in sich selbst, wortkarg und bedrückt, und wenn ich auch meine wohl bekannte Unfähigkeit zu trösten wiedererkannte, kam in mir dennoch etwas zur Ruhe, denn er hatte aus seiner Melancholie ein Werk gemacht, er legte zwischen die Seiten seiner Bücher Anemonen und Akeleien und mit ihnen dieses aus den Tränen der Helena hervorgegangene Zauberkraut, das die Traurigkeit und das Ressentiment verfliegen lässt und Sanftmut und Vergebung bringt, er wurde geliebt und umsorgt, er war erfolgreich und anerkannt, er fuhr kreuz und quer durch die Welt und konnte noch segeln, in dem Schatten, den er warf, fand er das Licht, und ich in diesem Licht den Ruhm, der meinem Vater verwehrt war.

Pirat

Im darauffolgenden Sommer sind wir nicht in die Bretagne, in das Land der Toten und der Priester gefahren, sondern in die Bucht von Arcachon. Mein Vater war ständig in weiß gekleidet und ging barfuß. Es war eine Rückkehr zu den Lebenden:

Ich stellte ein Wunder in mir fest, und insbesondere sah ich die Menschen und die Dinge wieder dreidimensional und in Farbe; meine Augen waren nicht mehr geblendet von dem ständigen Blick in mein Inneres, auf meine Vergangenheit, meinen Kummer, meine Konflikte, meine Maßlosigkeiten und mein Scheitern. Einmal bin ich allein im Ozean schwimmen gegangen. Als guter Schwimmer ließ ich die Gischt der hohen Wellen hinter mir und wurde dann von einer fürchterlichen Strömung erfasst, die mich hinunterzog, mitriss und erst ein paar Meter vom Strand entfernt wieder los ließ, ich war benommen von dem Schock. Ich kraulte zurück, die Angst vor den Brandungswellen trieb mich an. Als ich wieder auf dem Strand war, merkte ich, dass ich auf dem linken Auge nichts sah. Man behandelte mich, und ich kehrte mit einer schwarzen Binde über dem Auge zurück wie der berüchtigte Korsar Barbarossa. Einige Tage später nahm man mir die Binde ab: ich sah wieder alles in Farbe und dreidimensional, und das ist die Hauptsache. Das war wie ein neuer Zugang zum Glück auf Erden nach einer großen Zerreißprobe, einer Initiation.

Ich fragte mich, was in ihm von dieser undurchsichtigen, stillen und dösenden Welt, in der er sich aufgehalten hatte, zurück blieb, welches Wissen er von dort mitgebracht hatte.

Ich habe nur wenige Erinnerungen an ihn aus dieser Zeit. Ich wuchs heran, ich entfernte mich. Wir haben noch einmal gemeinsam Ferien gemacht, immer weiter im Süden, in Spanien, dann ist endlich der Moment gekommen, an dem ich endgültig weggehen und woanders leben konnte. Ich zögerte, in dem eleganten, etablierten und aufmerksamen Mann, der mich in England besuchte, mich überall in der Welt anrief, sich nach meinem Studium und nach meinen Plänen erkundigte und sich wie ein Vater verhielt, den meinen wiederzuerkennen. Ich glaubte nicht an Wunder. In manchen Momenten, in denen er schwieg oder niedergeschlagen war, erkannte ich mitunter die vertrauten Abgründe wieder. Wir sprachen nicht darüber. Und es war, als würde vor lauter Vergessen mein Gedächtnis verrückt. Er wollte kein Gedächtnis, er wollte kein Wissen. Dieses Wissen speiste vielmehr seinen großen Wunsch nach dem Vergessen. Im Griechischen bezeichnet dasselbe Wort die Prüfung und das Versteck der Piraten: πειρατηριον. Und vielleicht wusste mein Vater, mein Leidgeprüfter (denn das Unbewusste kennt die Sprachen ohne Alter, die Alphabete, die nicht mehr im Gebrauch sind), dass man, um zu den Lebenden zurückzukehren, seine schwarze Binde abnehmen und die Attribute des Eingeweihten ablegen muss. Er trug an einem zu schweren Wissen und wollte nichts anderes als das Nichtwissen und das Vergessen, die schmerzlose, bunte Oberfläche, das unendliche Vorrecht der Banalität.

In dieser Zeit hat er seine blonde, lachende Uruguayerin kennen gelernt,

Ärztin und Karatemeisterin, sie spricht mehrere Sprachen, darunter ein bemerkenswertes Französisch, und ihr Vorname persischer Herkunft bedeutete »die, die den Piraten befreit hat«. Ich verbrachte drei glückliche Jahre mit meiner schönen Freundin.

Sie hatten beide genug von ihren vielen Wegen und Irrwegen. Sie haben sich verbündet, um ihre Gespenster zu beschwören:

Stundenlang erzählten wir uns unsere Träume: für sie eine große Segelyacht und eine Mannschaft aus der ganzen Welt; für mich einen schönen Dreimaster, wie ihn die Neufundlandfischer hatten, von Frauen gesteuert (das sitzt!). Manchmal hatte sie beim Einschlafen Anfälle tiefer Verzweiflung, wenn sie an das menschliche Elend, an die unglaubliche Kluft zwischen den großen Vermögen in ihrem Land und der Armut des Volkes dachte, an ihre kranken und getrennten Eltern und an diesen Traum aus der Kindheit, der oft wiederkam, von Charly Chaplin, der aus einem Fenster fiel und umkam. Um sie auf andere Gedanken zu bringen, nahm ich Socken, schlüpfte mit meinen Händen hinein und spielte, vom Bettende versteckt, Marionetten. Sie spielte auch, und da es bei mir zwei Telefonanschlüsse gab, rief sie mich aus dem Zimmer an, nahm eine Grabesstimme an und sagte, »hier spricht die Stimme ihres früheren Lebens«, usw. Das war weder gut noch böse, das alles war einfach nett und komisch.

Sie haben eine Wohnung gemietet, einen Hund gekauft, Dämme errichtet gegen die bösartigen Wogen, die Wellen, die man besser nicht schluckt, und die *Piratenideen:*

Man muss seine Zerbrechlichkeit akzeptieren. Leider kommen die Piratenideen der Vergangenheit manchmal unversehens wieder.

Nach drei Jahren sind sie wiedergekommen, und zwar noch heftiger als je zuvor, und haben sie getrennt. Er ist noch weiter in die Tiefe gerissen worden, betäubt und doppelt geblendet. Doch als er wieder am Strand war, hat er diesmal sein Wissen festhalten wollen. Auf dem neuen Festland, an das er gelangt war, in diesem kleinen weißen Zimmer, in dem wir die Reliquien seiner Vergangenheit versammelt hatten, verfasste er seinen Text in zwei Teilen, »Die Prüfung« und »Die Hoffnung«, schrieb er Tag für Tag diese Seiten, die ich nun ebenfalls zu entziffern versuche, deren Sprache ich zu vernehmen versuche, ich forsche nach Anhaltspunkten in dem mir vertrauten Alphabet, nach Anklängen an die Vergangenheit, aus der er einen Roman gemacht hat, nach einer Ordnung und einem Sinn im geteilten Chaos, ich stütze mich auf seine Wörter, seine Sätze und sein Gedächtnis, bis ich nicht mehr sehe, ob das, was ich dabei erbeute, Weisheit ist oder Wahnsinn.

Qualités (homme sans)

Eigenschaften (Mann ohne)

Am Ende seines Lebens wollte mein Vater nichts sein. Das heißt, er wollte bloß sein, seine Masken ablegen, seine Kostüme abstreifen, auf seine Rollen verzichten, auf die Personen, die er sein ganzes Leben lang bis zur Erschöpfung zu verkörpern versucht hatte, die Eigenschaften, die er sich eine um die andere zugelegt hatte, abwerfen und diejenige suchen, die ihn definieren würde, ihm Form und Inhalt verleihen und ihn endlich in seine eigene Statue verwandeln würde, eine Marmorsilhouette mit klaren Umrissen und scharfen Kanten, eine Person, eine Standesperson, ein reifer Mann, einer von denen, die im hellen Mittagslicht auf den Straßen dahinspazieren ohne sich zu fragen, warum sie sie selber sind und nicht vielmehr der Schatten, der sich an ihre Fersen heftet, und so schrieb er neue Titel auf seine Visitenkarten, probierte seine Clownsnase, seine Spionagebrille, seine Piraten-Augenbinde, das Fell des schwarzen Schafs, seinen Freimaurerschurz, war das ewig fünfjährige Kind, das mit seinen Möglichkeiten jongliert, nahm vor seinem Spiegel die Posen der herbeigeträumten Leben ein und suchte dasjenige, das endlich wie eine zweite Haut wäre und sich von seinen Gesichtszügen ablesen ließe, dasjenige, in dem er seine innere Menge versammeln und mit einer Stimme sagen könnte *das bin ich*, aber so sehr er auch suchte, er wurde nicht fündig, denn sie waren zu zahlreich, die anderen, die er in sich beherbergte, zu zahlreich, um sie alle unter seiner Haut unterzubringen, mit einer Stimme zu sprechen, sie waren es, die durch ihn hindurch *ich* sagten, Eigenschaften ohne Mann, Attribute ohne Ich, pulverisierte Atome rings um eine fehlende Mitte.

So kam ein Tag, an dem er sie loswerden wollte, mochte er danach auch nackt und nichts sein, ein Mann ohne Eigenschaften und sogar etwas weniger, oder viel mehr, ganz einfach ein Mann, der trotz allem lebte. Dafür musste er auf das Haben verzichten, was in dieser Familie, in der sich ein Leben nach Häusern und Möbeln, nach Grundstücken und Gewinnen berechnete, keineswegs selbstverständlich war. In dem kleinen weißen Zimmer, in dem wir ihn untergebracht hatten, hatte er nur mehr einen Diwan und einen Schreibtisch, einige Bilder und einige Fotos. Und von dieser weit verzweigten Familie konnten nur noch seine Kinder als seine Angehörigen gelten:

Ich bin noch nicht in die Welt der Vergnügungen zurückgekehrt, aber ich weiß, dass die Freuden möglich sind, wenn man nur auf sie zugeht. Die wiedergefundene Nähe meiner Angehörigen ist bereits »die große Freude«, und ich kann nicht erhoffen, auch noch diejenige zu haben, von einer großen Bibliothek zu profitieren wie Montaigne, von einem Swimming Pool in Cadaquès wie Dalí, von einem kleinen Büro auf dem Land wie Napoléon, allein vor dem Meer zu schreiben, vor der Brandung an der Pointe du Raz, vor den hereinbrechenden Wellen in Biarritz. Wieder der geliebte und geschätzte Vater zu sein, die Liebe finden, indem man der ist, der von ihr erfasst wird. Haben: brauche ich kaum. Sein: das muss ich wieder voll und ganz können, aber vermutlich anders. Ich kann mir nur selbst dieses Versprechen machen.

Liest man diese Zeilen, könnte man an eine erbauliche Geschichte denken, an einen Plan, zu einem Heiligen zu werden. Einer seiner Freunde, den er kurz vor seinem Tod wiedergefunden hatte (denn er hatte am Ende einen Freund wiederge-

funden, den letzten), hat mir die Dinge so erzählt. Aber mein Vater war kein Heiliger. Und was in diesen letzten Monaten vor sich ging, war nicht eine Sache der Erlösung, des Heils oder der Vergebung. Er wollte die Freude wiederfinden, was er als *die große Freude* bezeichnete. Schlicht und einfach zu sein, das hieß, dass von Neuem das Leben durch ihn hindurchströmte. Ich weiß nicht, was das für ihn bedeutete. Denn nichts ist persönlicher und zugleich anonymer als eben diese Kraft – die einen am Anfang des Lebens trägt, wenn unzählige Möglichkeiten vor uns schimmern, und die man vielleicht am Ende wiederfindet, wenn sie ausgeschöpft sind. Ich weiß nicht, welche Gestalt sie für ihn annahm, ob er von Neuem von einer vagen und heftigen Liebeserwartung erfasst worden ist oder von Neuem, wie bei der Geburt eines Kindes, von einer Art überwältigenden und zuversichtlichen Liebe oder ob er all das, wieder Vater zu sein, wieder ein Liebender zu sein, nicht einmal mehr benötigte, um die Verzückung wiederzufinden und morgens, wenn er aufstand, um zu schreiben, wenn er auf den Markt einkaufen ging, eine Pracht zu empfinden, eine Leichtigkeit, die seinem Gedächtnis und seiner Vergangenheit fremd waren, und an den geringfügigen Verrichtungen seiner Tage eine grundlose, unbegründete, unpersönliche Freude, eine dieser Freuden, die einen zum Kamm der Welt emporheben und mit dem unermüdlichen Wunsch erfüllen, mit diesem glühenden, mit Sattheit vermischten Wunsch, der vielleicht das reine Gefühl des Lebens ist: es zu vermessen (gehend, schreibend, wie auch immer).
Ich glaube auch, aber hier täusche ich mich vielleicht, dass er wenigstens in diesen Momenten nicht nur darauf verzichtet hatte, jemand zu sein, sondern er selbst zu sein. Dass er bereit war, nicht nur seine Masken, seine Attribute und seine Eigenschaften abzulegen, sondern auch denjenigen, der sie trug (oder es nicht mehr zu suchen, dieses Ich, das er sein Le-

ben lang nicht zu fassen vermochte). Nackt war er schon, und gebleicht, rein geschliffen und ausgetrocknet wie ein Stück Holz, das zu lang und in zu großer Tiefe von den Wellen herumgewirbelt worden ist. Nun setzte er sich der Leere aus. Diese Leere, die er sein Leben lang gefürchtet hatte, gegen die er notdürftige Dämme errichtet, seine Trugbilder aufgestellt und seine Hefte vollgeschrieben hatte, füllte ihn plötzlich aus, und er fühlte sich wohl darin, er hatte seinen Frieden und war gleichsam endlich seinem Gelobten Land nahe, seiner weißen Wüste:

Warum habe ich unter diesen Umständen ein wenig Frieden gefunden? Geschützt vor den Guerillakriegen der Vergangenheit, allen unbekannt, ohne jedes Etikett. Das kann Jahre dauern.

Ich weiß wieder nicht, was an all dem Weisheit oder Wahnsinn ist. Wenn es ihm schlecht ging, wusste er nicht mehr, wer er war; und jetzt, wo er niemand mehr sein wollte, fand er etwas wieder wie die Gesundheit, die große Gesundheit, die man den Abgründen abgerungen hat, der Atemnot, der Erschöpfung, diejenige, die man gewinnt, wenn man das alles durchgemacht hat, mit dem Engel gekämpft hat, seinen Dämonen begegnet ist und, sei es auch nur einmal und mochte man dabei sein Leben aufs Spiel gesetzt haben, dem gegenübergetreten ist, was größer ist als man selbst. Und in ihr, in dieser großen Gesundheit, verschwindet vielleicht die unscharfe Grenze zwischen Weisheit und Wahnsinn, in ihr hat es keinen Sinn mehr, zwischen demjenigen zu unterscheiden, der sich, von einem zu zahlreichen und zu lärmenden Volk bewohnt, aufsplittert und zerstückelt, und demjenigen, der durch Selbstbeherrschung an den Gipfel seines Selbst gelangt ist und nicht mehr zu wissen braucht, wer er ist. Und ich sage mir dann, dass mein Vater zwar weder ein Heiliger noch ein Weiser und genauso wenig ein Genie war, aber dass ihm eine seltene und wertvolle Erfahrung beschieden war, dass er dadurch, dass er nie eins mit sich selbst war, dass er den Schmerz und die Freude dieser Ekstase gekannt hat, sehr nahe an das herangekommen ist, wovon einige schwarze und leuchtende Bücher zeugen und seines auf dunkle Weise ebenfalls; in ihnen hatte er, selbst von allen verlassen, dank der Gabe dieses Selbstverlustes immer Brüder und Begleiter gehabt.

Revenant — Wiedergänger

Kurz vor dem Tod meines Vaters habe ich einen Mann wiedergefunden, den ich einst wahnsinnig geliebt hatte. Ich war damals achtzehn, er war viel älter. Er hat mir den Hof gemacht, indem er mir Arme voller Rosen schickte und ein Buch über Theseus mit dem Untertitel: »Die Macht der Gespenster«. An diesem Abend haben wir uns auf einem Fest getroffen, das von Leuten, die ich vage kannte, auf einem Lastkahn veranstaltet wurde. Es hatte den ganzen Tag geschneit. Die Nacht war ruhig und klangvoll, und die Stadt, an deren beiden Hälften wir mit gelichtetem Anker entlangglitten, wirkte erstarrt, eingefallen und künstlich wie ein aus Stahl ausgeschnittenes Bühnenbild. Ich bin auf das Deck gegangen, um eine Zigarette zu rauchen. Ein Mann mit einer bis zu den Ohren herabgezogenen Mütze stand auf die Reling gestützt. Er begann zu reden, achtzehn Jahre danach, immer noch so fieberhaft, so redselig, und seine Stimme hallte in der Stille des Schnees und in der Leere all dieser Jahre der Abwesenheit. Er nahm seine Mütze ab, seine früher feuerroten Haare waren grau geworden. Einige Wochen danach lud er mich zum Mittagessen ein. Wir waren in einem Restaurant in der Nähe der Champs-Elysées verabredet. Wir haben getan, was man in diesen Fällen tut, versucht, uns diese Jahre zu erzählen, achtzehn Jahre, eigentlich nichts, aber immerhin die Hälfte meines Lebens, denn ich war achtzehn, als wir uns liebten. Ich bin dann im noch schwachen Licht des sich ankündigenden Frühlings lange zu Fuß gegangen, in einem Zustand der Bestürzung. Es war wie ein böser Streich, wie die Hand eines spöttischen Gottes, wie ein Verrat, dieses

Auslöschen der Jahre, dieses Einschleichen der Vergangenheit in meine Gegenwart, dieser aus dem Schnee aufgetauchte Mann, der mir sagte, dass er nie aufgehört hatte mich zu lieben, als ob ich, um heranzuwachsen, um ihn in eine Erinnerung zu verwandeln, nicht gezwungen gewesen wäre, die Kleine zu überleben, die er besessen hatte und die, weil sie damals nichts anderes war als ihre Liebe zu ihm, durch diese Liebe zu einem Nichts geworden war, als ob ich, um heranzuwachsen, nicht gezwungen gewesen wäre, die beiden da, die Kleine und ihren Liebhaber, die restlos miteinander verschmolzen waren, im Stich zu lassen, die Orte, an denen sie gelebt, die Welt, die sie sich zusammengezimmert hatten, zu leeren, eins ums andere die Zeichen zu löschen, mit denen sie beschildert war, diese magischen Zentren, die sie einst magnetisch anzogen, den Saint-Jacques-Turm, den Theseus in den Tuilerien, die alten Königinnen im Jardin du Luxembourg, den Park bei Arts et Métiers, die damals in ihrem Liebeskomplott ihre Mitverschworenen waren, als ob ich nicht gezwungen gewesen wäre, sie auf einen belanglosen Hintergrund zu reduzieren für das Leben, das weiterging und das sie trotz allem Lügen gestraft hatte – ihn, der sagte, dass sie niemals wieder so lieben würde, sie, die sagte, dass sie nicht ohne ihn leben würde –, als ob ich nicht gezwungen gewesen wäre, Briefe und Hefte durchzugehen, um ein Buch daraus zu machen, so wie man eine Stele errichtet, zu lernen, was ich von den beiden aufbewahren wollte und was ich zu vergraben hatte, ein Bündnis zu finden zwischen Trauer und Erbe, Treue und Vergessen.

Am Tag nach diesem Mittagessen habe ich den Tod meines Vaters erfahren. Er war vermutlich (sagten uns die Ärzte, die Polizisten) am Vorabend gestorben, der Tod hatte ihn im Schlaf überrascht oder unmittelbar beim Aufwachen. So konnte ich nicht umhin zu denken, dass mein Vater in dem Augenblick gestorben war, in dem ich diesen Mann, der aus

der Vergangenheit wiedergekehrt war, wiedertreffen sollte. Ich, die ich so sehr an den sinnvollen Zufall geglaubt hatte, die ich so sehr in Zeichen verliebt war, wusste, benommen von dieser Trauer und dieser Fügung, nicht mehr, ob es ein Zeichen war noch wie ich es entziffern sollte, als Strafe, Trost, Trick oder souveräne Ironie der spöttischen Götter. In den Wochen und Monaten danach bin ich mehrmals auf der Straße zufällig auf Freunde gestoßen, die ich seit langem aus den Augen verloren hatte, Kameraden aus der Schule oder dem Gymnasium, und es war, als ob mir durch diese Begegnungen etwas zurückgegeben würde, vielleicht das Recht (ich war von meinem Vater getrennt, aber auch von meiner Kindheit, und lebte in einer hohlen und flachen Gegenwart ohne Fundamente), so etwas wie Wurzeln wiederzufinden, eine Tiefenschärfe, eine Kontinuität mit denen, die ich gewesen war, und letztlich die Bestätigung, dass die Vergangenheit nicht vergeht.
Ich habe auch meine alte Liebe wiedergesehen. Wir hatten uns letztlich nicht allzu sehr verändert, wir waren vielleicht vorsichtiger, verhaltener, zivilisierter. Wir haben darüber zunächst eine fröhliche Ungläubigkeit empfunden und dann erschien es uns mehr und mehr wie ein trostloser Skandal. Mein Begehren hatte sich abgewendet von diesem Körper und diesem Gesicht, die sich trotz der grauen Haare so wenig verändert hatten, die Welt versammelte sich nicht mehr in ihnen, also war er nicht mehr derselbe und ich vermutlich auch nicht, wir waren aus anderen Teilen zusammengesetzt, aus anderen Liebesbeziehungen und aus anderen Menschen, scheinbar identisch, aber vollständig umgebaut wie das Schiff von Theseus, auch wenn durch uns hindurch zwei Erinnerungen einander begegnen und zwei Gespenster wieder zum Leben erwachen wollten.
Angesichts dieses Mannes, dieses anwesenden und sehr lebendigen Mannes, den ich wiedergefunden hatte, als ich meinen Vater verlor, machte ich noch eine andere Erfahrung mit der

Trauer, die Erfahrung dessen, was im Herzen der Lebenden verschwindet, dieser Verschwundenen, die wir in uns tragen und die wir selber sind, verschlungen von der Zeit, ausgelöscht vom Fortgang unserer Leben.

SDF Obdachlos

Er ist barfuß weggegangen, hat mir mein Großvater an diesem Tag am Telefon gesagt. Es war der Tag meines dreißigsten Geburtstags, ich wunderte mich, dass er mich nicht angerufen hatte. Am Abend gab ich ein Fest auf dem Land, in dem großen Haus am Flussufer. Ich stand in der Küche und bereitete Quiches und Kuchen zu, das Baby schlief in seinem strohgeflochtenen Tragekorb auf dem Tisch, zu der Freundin, die ihren Geburtstag gleichzeitig mit meinem feierte, sagte ich auch, mein Vater ist verschwunden, er ist barfuß weggegangen, und einige Tage darauf und wieder zurück in Paris habe ich, um meine Verspätung bei einer Lesung zu erklären, gesagt, mein Vater ist verschwunden, diese Wörter, die ich aussprach, wurden mit Schweigen quittiert, vielleicht hätte ich sie anders sagen sollen, im Ton einer vertraulichen Mitteilung oder einer Klage, und nicht wie eine jähe Bresche, die ich in das schlug, was ich vor allen geheim hielt, diese Wörter verbanden sich nicht mit der Sprache, die ich sprach und die die andern vernahmen, und genauso wenig mit dieser Küche, in der ein Kind im Duft heißer Schokolade schlief, und auch nicht mit diesem Pariser Theater, in dem eine Schauspielerin Wörter vorlas, die auch meine waren, die ich einige Monate zuvor geschrieben hatte, diese Wörter schien die Frau, die neben mir saß und mit verkniffenen Lippen den Kopf wegdrehte, zu hören, ich hörte nichts, ich hatte einen einzigen Satz im Kopf er ist barfuß weg, vielleicht entsprangen alle anderen Sätze diesem einen, vielleicht hatte ich immer nur geschrieben, um ihn hörbar zu machen, ohne ihn auszusprechen, aber die Verbindung fehlte,

das Übersetzungsprinzip zwischen diesem Satz und den andern, diesem Satz und dem Rest, diesem Satz und mir, und diejenigen, vor denen ich ihn gesagt hatte (aber vielleicht so, dass sie ihn gar nicht hörten, ohne den Ton hineinzulegen, die Absicht, wie dies die Schauspielerin, die meine Worte mit ihrer Stimme vortrug, vor ihrem Pult tat), halfen mir nicht, ihn wiederzufinden, sie wandten sich verlegen und mit zusammengepressten Lippen ab, als ob ich vor ihren Augen von einer schlecht verheilten Wunde den Verband abgenommen hätte, in diesem Schweigen verschwand mein Vater ein zweites Mal, und ich begleitete ihn, ich weiß nicht, wohin, ich folgte dem Satz, nein, nicht einmal das, nur diesem Wort *barfuß*, ich sah nur mehr das, nackte und schmutzige Füße unter einer ausgefransten Flanellhose und rundherum haufenweise Bilder, ein Vagabund wie aus dem Bilderbuch mit seinem Bündel am Ende des Stocks auf seiner Schulter, der ewige Jude, dunkel und königlich, die nachts menschenleeren Ufer der Seine und dann wieder und vor allem menschliche Formen, die unter Kartons und Plastiktüten verborgen auf dem Trottoir liegen.
(Als Kind hatte ich Ende der siebziger Jahre eine Reportage über einen Mann gesehen, der beschlossen hatte, keine Schuhe mehr zu tragen. Er erzählte, dass er seine Füße schützte, indem er sie mit einem bläulichen Belag bestrich. Monatelang habe ich auf den Straßen, auf den Trottoirs, blaue Abdrücke gesucht).
Ich weiß nun (und natürlich beruhigt mich das), wohin meinen Vater seine Schritte trugen. Beim Lesen seines Textes folge ich seiner Spur.

Davonlaufen, davonlaufen aus einer Vorlesung für das vierte Studienjahr, ohne Fahrschein einen Zug nehmen, im Strom der Fahrzeuge von Saint-Germain-des-Prés bis zum Triumphbogen gehen, mitten in der Nacht in einen verschmutzten Fluss sprin-

gen, gehen, gehen und gehen durch die Nacht ohne Ausweis und ohne Geld bis zu den Ghettos in der Umgebung der Stadt und in der Morgendämmerung in einem afrikanischen Heim landen und daraufhin gütigerweise von Taxifahrern zurückgebracht werden bis zum »Haus des Vaters« mit einem breiten Lächeln und Gute Nacht-Wünschen, wobei sehr weiße Zähne meine Nacht erhellten. (Es gibt kein Tierschutzheim für die ohne Halsband verlorenen Menschen-Hunde ... es gibt die dunkle Zelle oder die Psychiatrische Anstalt der Polizei)

Schon in frühen Jahren hatte ihn die Verwahrlosung fasziniert. Meine Mutter, die so wenig über ihn sprach, hat mir erzählt, dass er, der brillante und vielversprechende junge Mann, ihr einmal gesagt hatte, dass er auf der Straße enden würde (und ich erinnere mich auch, dass es mir mit achtzehn, als stolze Göre, als kleine Barbarin, die erhobenen Hauptes durch die Straßen ging, mehrmals passiert ist, dass Clochards mir zuriefen, »Kleine Schwester!«, hatte einer von ihnen einmal gerufen, »ich kenne dich, du bist meine Blutsschwester!«

An einem Abend, an dem ich gut gekleidet und mit siegessicherer Miene auf dem Weg zu meiner Operettenfreundin an den Folies Bergères vorbeigegangen bin, wurde ich von einem ungefähr sechzigjährigen Clochard angesprochen, der zu mir sagte: »Weißt du, früher war ich auch so wie du.« Und zwar keineswegs bösartig und sogar freundschaftlich, ein gut gemeinter Rat zur Vorsicht.

Auch er traf also hoch erhobenen Hauptes prophetische Clochards auf der Straße (es war – ich rechne nach und lege unsere Chronologien übereinander – ungefähr zur selben Zeit), wie diesen da, der wie gerufen vor den Folies Bergères auftauchte, diesen, der ihn vor seinem Wahnsinn bewahrte oder ihn vielleicht beherbergte, denn er war es, der in ihm den Sieg mit dem Verlust verband, die Ruhmesträume mit dem Wunsch nach Verwahrlosung, er, der ihn zum Kamm der Welt emporhob, um ihn besser hinabstürzen zu können, und nun brach er auf, der Königssohn, der Bettlerprinz, brach barfuß auf, ohne Spuren zu hinterlassen, durchquerte die kalten und luxuriösen Straßen von Saint-Germain-des-Prés, lächelte vielleicht in der Einfalt der Märchen und im dunklen Glanz des Selbstverlusts seinem Spiegelbild zu, das ihm in den Schaufenstern der Kleiderläden entgegenflackerte, dieser Mann im reifen Alter, in Tweed und Flanell gekleidet, der barfuß ging, ging und ging im Strom der Fahrzeuge, ohne zu hören, dass man hupte, bremste und schimpfte, vielleicht immer noch lächelnd, denn diese Wanderung war auch ein Sieg, führte sie ihn doch bis zum Triumphbogen, ein langer Rausch, hartnäckiger als von billigem Fusel, eine unwiderstehliche Freiheit, es ist letztlich so leicht, alles hinzuschmeißen, man braucht nur seine Schuhe auszuziehen, um alles Lügen zu strafen, den provokanten Luxus von Saint-Germain-des-Prés, die ehrenwerten und diskreten Väter, die abgezählten Schritte und die vorgezeichneten Zebrastreifen der bürgerlichen Wegstrecken, eine Kleinigkeit genügt, ein fehlendes Teil an der Uniform, eine Clownsnase auf dem Schreibtisch eines Rechtsanwalts, um eine Kerbe in die Welt zu schlagen und ihr zu bedeuten, dass man ihr nicht angehört.

Barfuß wechselte mein Vater auf die andere Seite über, auf die Seite derjenigen, die einem ins Auge springen und von denen man den Blick abwendet, von den menschlichen Formen, die auf dem Trottoir liegen, aber auch von denen, von denen man nichts wissen will, sobald die späten Nacht- und die frühen Morgenstunden vorbei sind, in denen sie die Büros putzen und die Gebäude bauen, die Arbeiter, die aus diesem Anderswo gekommen sind, in das man sie so gern zurückschicken möchte, wie man sich eines Werkzeugs entledigt, das ausgedient hat, diejenigen, über die man bei Tisch mit seinen Angehörigen nur mit dieser feindseligen Angst spricht, die das Antlitz der Verachtung annimmt, diejenigen, deren bloße Erwähnung bereits ein Verbot aufhob, so dass man sich am Ende der Mahlzeit rassistische und ordinäre Witze gleichermaßen herausnahm, genau die suchte er auf, wenn er das *Haus des Vaters* verließ. Zu ihnen trugen ihn seine nackten Füße über die Ränder und Lichter der Stadt hinaus zu diesen Heimen, in die nach beendeter Arbeit die Schwarzblütler, die Mischblütler zurückströmen, weit weggeleitet von dem weißen Körper, den sie durchbluten, weit weg von den Straßen und den Gebäuden, die sie gebaut haben, weit weg von den Blicken, zu ihnen ist er gegangen, mittellos, ausweislos und obdachlos, und diese Subtraktion, mit der man sie bezeichnet (als ob sie, wie der Gott der negativen Theologie, sosehr außerhalb der Welt stünden, dass man sie nur nennen kann, indem man sie negiert), diese Losigkeit, die zu ihrem Namen geworden war, war die Signatur seiner neuen Zugehörigkeit. Er, der am Ende seines Lebens nichts haben wollte, um nur mehr zu sein, er, von dem ich die Werke von Meister Eckehart habe, fand, stelle ich mir gern vor (aber vielleicht tröste ich mich bloß), in dieser Mittellosigkeit, dieser Besitzlosigkeit bereits das, was er später als die »*große Freude*« bezeichnen würde oder zumindest (und dessen bin ich mir sicher) eine Ekstase, ein Heraustreten aus sich. In diesen Heimen, die weit ablagen vom *Haus des Vaters*, erfand er sich vielleicht eine andere Abstammung, eine Familie ohne Erbe und ohne Wurzeln, die ihn für eine Nacht adoptierte, bevor sie ihn wieder zurückbrachte wie ein Kind, das auf dem Rücksitz eines Autos in den Armen seiner Eltern in den Schlaf gewiegt wird. Auf diese Weise jagte er seinem Traum von der Wüste nach, barfuß, in den Vorstadtheimen wie in den Bars der Pariser Hotels, seinem zweifachen Wunsch, sich frei zu machen und adoptiert zu werden, der vielleicht nichts anderes war als sein eigenes Stirb und werde.

Diese Heime habe ich (ich lege wieder unsere Chronologien übereinander) gelegentlich auch aufgesucht, und zwar ungefähr zur selben Zeit, und mit denen, die dort lebten, demonstriert, sie waren endlich sichtbar mitten im Licht auf den Hauptverkehrsadern der Stadt, davon sprach der Text, den die Schauspielerin vorlas. Mit ihm hatte ich auch darüber gesprochen, aber natürlich hatte er mir nichts davon gesagt (und ich hätte mich ganz schön gewundert, hätte ich ihn eines Abends in einem Heim auf einem Feldbett vor einem Teller mit Mafé sitzend angetroffen). Ich hatte seine Spur verloren, und dennoch war ich ihm auf der Fährte. Auch hier gab es zwischen ihm und mir wieder eine stille Übertragung, eine Gleichgesinntheit. Und wenn ich mich in der Randzone so wohl fühlte, so vielleicht auch deshalb, weil ich ihn dort wieder fand, weil ich wusste, wovon ich abstammte.

Einige Monate danach ist er wieder in die Provinz gezogen, um zwischen einer großen, auf einen Garten gehenden Wohnung und der psychiatrischen Klinik genau gegenüber dem früheren Haus seiner Eltern zu leben. Meine Schwester und ich haben ihn dort besucht. Wir sind alle drei über die menschenleeren Straßen eines Sonntagnachmittags spaziert, wie wir es als Kinder mit unseren Großmüttern getan hatten, auf diesen früher luxuriösen und friedlichen Straßen, wo sie uns nach der Messe zu ihren Einkäufen für das sonntägliche Mittagessen mitnahmen (an ihre Pelze geschmiegt, verschlangen wir alles mit den Augen, die Windbeutel mit Schokoladenguss, die mit Sahne gefüllten Brandteigkuchen, die kandierten Maronen, die Pasteten im Teigmantel und die Wildschweinterrinen, während sie mit den koketten und lockeren Verkäuferinnen über Gott und die Welt plauderten), diese nun grauen und trostlosen, von Läden mit verdreckten Scheiben und schäbigen Cafés gesäumten Straßen, die nun, wie die ganze Kleinstadt, von Arbeitslosigkeit und Elend heimgesucht sind. Mein Vater trug einen grünen Lodenmantel, einen Hut und Handschuhe, er ging langsam, ein wenig geistesabwesend, und stützte sich wie ein vornehmer Greis auf unsere Arme. Wir sind an einer Gruppe von Männern vorbeigegangen, die mit einem Schäferhund inmitten von Plastiktüten und Bierdosen auf dem Trottoir saßen. Einer von ihnen, ein etwas älterer Bärtiger mit einem Stummel zwischen den Lippen, hob seine Bierdose und blickte meine Schwester und mich dabei kurz ironisch an, hallo, wie geht's?, fragte er ihn wie einen Freund, den man auf der Straße trifft, ja danke, antwortete mein Vater, ohne ihn anzublicken, wobei er unsere Arme drückte und den Schritt beschleunigte, sie kannten einander, das war offensichtlich, und offensichtlich war auch, dass mein Vater sich nicht an einem Sonntag nach der Messe zu ihm gebeugt hatte, um ihm mit seiner behandschuhten Hand eine kleine Münze zu reichen, wie dies die Herren in den grünen Lodenmänteln tun, sondern dass er vielleicht noch am Tag davor mit ihnen auf dem Trottoir oder auf den Bänken eines Parks gesessen hatte, um mit ihnen Biere und Zigaretten zu teilen.

In dieser Stadt, in der ich eine Zuflucht suchte oder mein Grab, ich weiß es nicht, erblickten und bemerkten die Leute einen Schwerkranken, wenn ich durch die Straßen wanderte mit einem Hut wie Indiana Jones auf dem Kopf und einem Stock, auf den ich mich stützte und den ich weiß gestrichen hatte, weil ich Angst hatte, Angst vor den Skateboards, vor den Autos, vor den Bewohnern der Picardie, die laut redeten und an den Markttagen das Trottoir in Beschlag nahmen, Angst niederzufallen. Kurz, halb verrückt, halb ein Clochard, vor allem an den Sonntagen zu den Zeiten, in denen die Bank nicht gut auf mich zu sprechen war und ich vor den Gymnasien und den Hauptschulen die Zigarettenstummel auflas. An einem Sonntag Mittag hatte ich solchen Hunger, dass ich ins Spital gegangen bin und um ein Sandwich gebettelt habe, zu dem man mir auch noch einen Schokoriegel gegeben hatte.

Was er hier schreibt und was ich an diesem Sonntagnachmittag begriffen habe, das hatte ich natürlich geahnt, weil ich für ihn immer das Schlimmste befürchtete und dies nur eine der Formen ist, die es annimmt. Mein Leben wurde damals zum Teil von dem umgetrieben, was ich von seinem vermutete, ohne es nachprüfen zu wollen. Beim Abschreiben seiner Worte, beim Vergleichen unserer Chronologie finde ich zugleich meine und seine Erinnerungen wieder und diese stille Ansteckung, die mich an ihn band, mich, die ich in seinem Unglück schwamm, die ich im Unglück meines Vaters getragen wurde wie ein Kind im Bauch seiner Mutter, dabei spielte ich mit ihm wie mit dem Horn eines Stiers, näherte mich ihm nur, um ihm geschickter auszuweichen, und sog alles ein, was trotz allem an Luft, Leben und Licht eindrang, und es ist, als würde ich beim Lesen seiner Worte plötzlich begreifen, dass dieses Unglück, mochte ich auch von ihm abstammen, seines war.
Aber wie kann man akzeptieren, dass er Hunger hatte und bis zum Spital gegangen ist, von dem, als er ein Kind war, sein Vater einst heimkam, um an dem reich gedeckten Tisch, an dem das umständliche Ritual der Sonntagsmittagessen abgehalten wurde, den Vorsitz zu übernehmen, wie kann man begreifen, dass er seine Verwahrlosung so energisch und gründlich vorantreiben konnte? Wenn meine Schwester und ich ihn besuchten, weil uns ein zu langes Schweigen oder eine gewisse Art und Weise, uns am Telefon zu sagen, wir sollten uns doch keine Sorgen machen, alarmiert hatte, empfing er uns in seiner großen, geschmackvoll eingerichteten Wohnung, die auf einen Garten ging, in dem Eichhörnchen spielten, oder in der luxuriösen Klinik, in der er über ein kleines blassrosa tapeziertes und mit Stichen geschmücktes Zimmer verfügte, ein

Drei-Sterne-Hotel, sagte er, dessen Ruhe, Komfort und Küche er pries. Was habe ich einmal aus seinem Schweigen oder seiner Art, mir am Telefon zu sagen, dass alles in Ordnung sei, herausgehört, dass ich daraufhin so sehr darauf bestand, dass er an einem 14. Juli zu uns nach Paris zum Mittagessen kommt?

Es gab Momente, in denen ich mich nur in einem ruhigen Café im Stadtzentrum wohl fühlte (dem, in dem ich einst die Zigaretten für meine Mutter gekauft hatte). Dorthin bin ich gegangen, um zu versuchen, das berühmte »Warum bin ich so tief gefallen?« abzuklären, indem ich mir, wenn ich es konnte, belgische Biere leistete, die mich für eine Weile meine Angst vergessen ließen vor meiner Rückkehr zu den weißen Kitteln oder in die große Wohnung mit dem stummen Telefon und dem leeren Briefkasten (wenn er voll war, warf ich die Post weg, denn ich fühlte meinen Tod kommen und wollte für niemanden mehr existieren). Ich wollte jedoch meine Kinder umarmen, bevor ich in den Friedhof der Elefanten oder der schwarzen Schafe ging. Aus diesem Grund habe ich die Einladung meiner ältesten Tochter angenommen, sie am 14. Juli in Paris zu besuchen.

Der Mann, dem ich an diesem Tag die Tür öffnete, war um fünfzehn Jahre gealtert. Er trug einen Stock, einen Hut auf seinen grauen Haaren und einen zerknitterten Anzug, der um seinen abgemagerten Körper schlotterte. Sein Gesicht war ebenfalls grau, zerfurcht, wie ausgetrocknet. Er war sehr verspätet und er roch nach Alkohol, er gestand uns, dass er auf dem Weg in eine Bar gegangen war. Er konnte kaum stehen, er sprach nicht, aß nichts. Ich habe ihm gesagt, er solle sich hinlegen, durch die geöffneten Fenster kam das helle Sommertageslicht, ich habe seine Decke rund um ihn eingeschlagen und SOS Psychiatrie angerufen. Der Arzt war lange allein mit ihm. Er muss in die Notaufnahme, sagte er, er leidet an Unterernährung und Dehydrierung, er ist sehr geschwächt, und er hielt mir ein Rezept hin, auf dem nur drei Buchstaben standen: MDP. Ich habe nicht sofort verstanden, was sie bedeuteten. Es war das erste Mal, dass Buchstaben, nicht einmal ein Wort, das bezeichneten, woran er litt. So sind wir an diesem 14. Juli in der Notaufnahme im Spital Pitié-Salpêtrière gelandet, zwei Schritte von der Wohnung entfernt, in der er früher mit seiner Sängerin gewohnt hatte und die er vielleicht ausgesucht hatte, weil seine Eltern in der Provinz in der Rue de l'Hôpital wohnten, im Spital Pitié-Salpêtrière, dessen Name, als ich ein Kind war, fleckige, zerfressene Wände wachrief, erbärmliche Mauern. Man hat uns Plätze auf einem Flur angewiesen, der schmutzig beige und chlorophyllgrün gestrichen war, am Anfang waren nicht viele Leute da, ein paar Kinder, schwangere Frauen, und dann ließen die Schiebetüren, je mehr es Abend wurde, das ferne Lärmen des Festes und des Feuerwerks herein und gleichzeitig den schweren Atem der Sommernacht, torkelnde Typen mit Schnitten im Gesicht, die bei Schlägereien übel zugerichtet worden waren, Clochards mit Füßen, um die Lumpen gewickelt waren, in einer Nische stellten Krankenpfleger Tragbahren zusammen, von denen die nackten, fleckigen, an Infusionen angeschlossenen Arme der Greise herabhingen, diejenigen, die sie hergebracht hatten, verschwanden sogleich wieder, als ob es hier nichts anderes zu tun gäbe als uns hier zusammenzupferchen, Endstation, alles aussteigen, man stand, saß oder lag auf diesem Flur unter dem Licht der Neonleuchten, das von den kranken Wänden geschluckt wurde, gegenüber der großen Wanduhr, deren Zeiger sich weiter bewegten, obwohl doch die Zeit nicht verging und wir für immer und ewig hier waren, eine hübsche dunkelhaarige junge Frau in einem weißen Kittel ging rasch auf den Ausgang zu, ich habe sie vor den Schiebetüren eingeholt, stimmt diese Geschichte mit der MDP? hat sie mich, in dem Moment, in dem die Türen hinter ihr zugingen, mit einem Lachen gefragt, eine Tragbahre war frei, ich habe mich draufgelegt neben einer alten krebskranken Dame im Endstadium, ihre Knochen ragten unter ihrem Nachthemd hoch und ihre Haut war wie zerknittertes Papier und von großen braunen Flecken gezeichnet, meine Schwester hatte sich in eine Krankenschwester verwandelt, sie kreiste immer schneller im Rhythmus der Uhrzeiger, sie holte eilig Erkundungen ein, zog Decken hoch, brachte Gläser mit Wasser, mein Vater saß neben mir und wollte weder essen noch trinken noch schlafen noch sich bewegen, mit weit aufgerissenen Augen starrte er vor sich hin ohne zu blinzeln, ruhig und wuchtig wie ein gefallener Stein, ein hochgewachsener Kerl mit zerfetzten Kleidern, verschwollenen Wangen und arroganter Miene kam in Handschellen und in Begleitung von zwei Bullen herein sie führten ihn in einen ruhigen Winkel, Stimmenlärm ein metallisches Rauschen ein Körper der fällt, die alte Dame lauschte schweigend mit weit offenen Augen, kümmern Sie sich um Ihre Angelegenheiten haben sie zu mir gesagt, wir tun unsere Arbeit der Typ ist gefährlich wir haben ihm ein Bein gestellt er ist ein Dreckskerl der seine Frau prügelt kümmern Sie sich um Ihre Angelegenheiten, um vier Uhr morgens ging die Tür, vor der ich lag, auf, mein Vater ist hineingegangen und ich hinter ihm, alles ist in Ordnung, haben die Ärzte zu mir gesagt, er hat nur ein wenig zu viel getrunken er ist bloß müde gehen Sie nach Hause und schlafen Sie sich aus wir haben ohnehin kein Bett mehr frei ich weiß nicht mehr was ich ihnen gesagt habe um sie davon zu überzeugen ihn hier zu behalten, vielleicht war ich nicht neugierig darauf, dass er aus dem Fenster sprang oder sich im Badezimmer einsperrte, um sich die Venen aufzuschneiden, vielleicht war ich nicht imstande, ihn daran zu hindern, und ich weiß auch nicht mehr, wie ich am nächsten Morgen mit Hilfe einer befreundeten Ärztin, die ihn als Kind gekannt hatte, in der Nähe von Paris eine Klinik gefunden habe, die bereit war ihn aufzunehmen und die er ein Jahr später wieder verlassen hat, zur Ruhe gekommen, neu zusammengesetzt und lebendig.

Wenn ich in der Metro saubere und rasierte Obdachlose mit ihrem Rucksack sehe, frage ich mich welche übermenschliche Anstrengung es sie gekostet haben muss sich zu waschen, sich umzuziehen und die Schuhe zu putzen, wo sie die Nacht verbracht haben mit der Angst, dass ihnen ihre Sachen gestohlen werden, wann sie aufgestanden sind, um in ein öffentliches Badehaus gehen zu können, welche warme Mahlzeit sie zu sich genommen haben. Ihr Blick wirkt oft wie verloren, nach innen gekehrt. Was sehen sie dort? Eine Frau, Kinder, Eltern und schließlich das Unglück. Während ich das aufschreibe, schäme ich mich für meine Krise in der Stadt meiner Kindheit, in der ich mehr und mehr zu einer Verwahrlosung tendierte, die all der Chancen, die das Leben mir geschenkt hatte, und derjenigen, die ich mir selbst erhalten hatte, unwürdig war. In gewisser Hinsicht war ich unverschämt. In einer Klinik hat es mir einmal ein Psychiater gesagt, während er meine schmutzigen englischen Schuhe mit den offenen Schuhbändern betrachtete: »Sie sind ein Penner. Sie stellen Ihr Unglück zur Schau.« Ein anderer hatte mir während eines anderen Leerlaufs vor dreißig Jahren gesagt, »Sie sind ein Professor, dann sehen Sie aus wie einer; Sie sind auch Rechtsanwalt, sehen Sie aus wie einer.« Ich war der vor dem Ertrinken gerettete Clochard Boudu, dabei hätte ich wenigstens so aussehen können wie der Gentleman aus Epsom, der nur mit Mühe sein Hotelzimmer bezahlen konnte, der aber gekleidet wie ein Prinz bei allen Pferderennen wettete und mit einer kleinen Schere die Fransen an seinem Hemd wegschnipselte. Sie hatten offenkundig nicht auf ihr Ich verzichtet, sie hatten ihren Platz auf der Welt gefunden.

Traître Verräter

An dem bereits verschleierten Versprechen, das im Blick des Mädchens mit den schlampig geschnittenen Haaren lag, dessen Foto er in seinen Unterlagen aufbewahrt hatte
an diesen zwei Silben, die ich meine Töchter brabbeln höre und nun schon so lange nicht mehr ausgesprochen habe, an all dem, was in ihnen an Zuversicht, an Kraft, an Zärtlichkeit und Präsenz anklingt
an dieser eines Nachts lebhaft und scharf wiedergekehrten Erinnerung an seinen Duft, an seine Wärme, an seine um mich gelegten Arme, wenn es galt uns zu verlassen, an diese Momente, in denen er, ja, Festung und Festigkeit war – in denen ich, wie jeder andere, einen Vater hatte
an der taghellen Welt, in der seine Arme mich hätten tragen sollen, am Festland, am hellen, von der Hölle unberührten Leben
an den magischen Zeichen, die er auf meine Stirn malte, an den Amuletten, an den Exorzismen, an den Beschützungsformeln, an denen, die schwarze Schafe und Dämonen vertreiben
an den sanften Lügen und an der seligen Verblendung, an den glatten Oberflächen, an der Seelenruhe und am wohltuenden Egoismus
an dem, was seine bloße Silhouette oder der Name, mit dem wir ihn riefen, hätte versprechen sollen, eine Welt ohne Randzonen und ohne Abgründe, die nichts weiß von derjenigen, in die uns sein Schatten gestürzt hat
(Töchter, Schwestern und Komplizen derjenigen, die barfuß auf der Kehrseite des Lebens gehen)

an den Meeren ohne Wellen, an den Szenen ohne Geheimnisse, an den Gesichtern ohne Masken
an den Stimmen, die »ich« sagen ohne zu zittern, an den unwandelbaren, in ihren geschnitzten Rahmen glänzenden Porträts, die verschmitzt lächeln, stolz darauf, einander zu ähneln
an den geradlinigen Erzählungen, an den vertrauten Alphabeten
an den Leben, die von zwei Daten gerahmt werden und sich von einem zum anderen ohne Wiedergeburten und ohne Abwesenheiten entfalten
an den Bestattungen, an den Stelen mit ihren Inschriften im Frieden der Friedhöfe
an der leichten Erde
an dem Stein, an dem sich das Gedächtnis vertäut, und an der Trauer, die er immer wieder in sich aufnimmt
am Vergessen, das das gemischte Wasser der Erinnerung filtert und aus dem es von den Schreckensbildern gereinigt wieder hervorschießt.

Verräter
bin ich auch, indem ich dies schreibe
seine Worte abschreibe (*einen Roman daraus machen*)
am Schweigen, am Geheimnis, am Schein, den es zu wahren gilt
(»In seinem Fall«, schreibt Marie-Ange Malaussena, die Schwester von Antonin Artaud, »kann man nicht von Laster sprechen. Genauso wenig übrigens wie von einer heroischen Erfahrung. Man braucht ganz einfach nur zu schweigen.« Und Doktor Latrémolière, der Assistenzart in Rodez, der eine Doktorarbeit über Elektroschocks schrieb, während er sie ihm verabreichte, tausendzweihundert in drei Jahren: »Ich habe mit Artaud keine Literatur gemacht, ich habe Leben gemacht, verstehen Sie.

Ich habe eine lebendige Erfahrung mit ihm gehabt«.)
an allem, was ich nicht sage
an allem, was unsere miteinander verflochtenen Leben stillschweigend in mir hinterlassen haben
Brüche, Splitter, Schutt
Zärtlichkeiten, Wünsche und Willensbekundungen
an allem, was ich von seinem Text nicht abschreibe
(ich füge am Rand Durchstreichungen und Kreuze zu den seinen hinzu, zwänge diese Zeilen, in denen er sich neu zusammensetzte, in von mir fabrizierte Codes und Protokolle, zerschneide sein Porträt Stück für Stück zu einem Puzzle, dessen Motiv mir fremd bleibt)
an seinem Rätsel, an seiner Undurchschaubarkeit
an allen meinen Toten, an allen Toten, den geliebten Toten und den fremden, an denjenigen, in deren Wärme ich aufgewachsen bin und denen, die ich nie treffen werde
denn ihnen allen müsste man, ganz so wie ihm, Treue schwören.

Utopist

In seiner Eigenschaft als Jurist war mein Vater ein Spezialist der Dezentralisierung – was von einer gewissen Kohärenz zeugt, wenn man davon ausgeht, dass der Staat das Ich ist. Er hatte in sehr jungen Jahren eine brillante Doktorarbeit über dieses Thema geschrieben und Bücher und Artikel dazu veröffentlicht. Am Ende des Vorworts zu seinem ersten *Essai sur la décentralisation* schreibt er, dass er in seiner Analyse der »*Trägheit des zentripetalen Staates*« seine persönlichen Überzeugungen nicht verschweigen konnte, weil es unmöglich ist »*für einen Schriftsteller, sein Ich hinter der Feder zu verstecken*«. Auf den letzten Seiten seines Manuskripts führt wieder der Jurist die Feder. Mit derselben Gründlichkeit wie einst in seinen Vorlesungen und seinen rechtswissenschaftlichen Büchern skizziert er Punkt für Punkt eine neue Gesellschaft, eine Gesellschaft der Ausgegrenzten, der Schwachen, der Unangepassten; er malt sich eine Stadt aus, in der sie ihren Platz finden würden, Rathäuser, die das »*Haus für alle*« wären und in denen gewählte Vertreter sitzen würden, um die Irren zu empfangen; er stellt die Liste der Vereine, der Nothilfezentren und der telefonischen Beratungen auf, selbst wenn es, so schreibt er, die Hauptsache ist, »*seine wohlig warme Einheit wieder zu finden, das heißt, die Solidarität mit sich selbst*«, selbst wenn

die wichtigste Struktur zunächst das »Ich« ist und in seinem Schatten der Jungsche Drache mit dem Stadtschlüssel in seinem Maul, gemeint ist der Ort, an dem die Menschen gemeinsam leben und arbeiten.

Er lobt zugleich den Wohlfahrtsstaat und die libertären Bewegungen, und er, der frühere Konservative, der überzeugte Gaullist, der im Mai 68 so sehr den Pöbel gefürchtet hatte, sieht in den »*Ereignissen*« die »*Zeichen eines Wandels im Zeitgeist*« und ein »*göttliches Lächeln auf der modernen Seele*«. Er geht nicht so weit, von einer Revolution zu träumen, in ihm ist alles schon so umgewälzt, also will er diese neue Welt im Keim in derjenigen erkennen, die er wieder zu bewohnen beginnt. Er zitiert die Präambel der Europäischen Verfassung und betont, dass darin die Rede ist von den »Schwächsten«, den »Ärmsten«, von den »Minderheiten« und deren »Schutz« (er sucht eine Verfassung für diejenigen, die aus der Fassung geraten sind, für diejenigen, die keine mehr haben):

Das sind Elemente, die auf einen Wandel der Gesellschaften vorausweisen, die, so hofft man, erträglicher sein werden für diejenigen, die bis hin zur Krankheit an den Unvollkommenheiten des bekannten Systems oder an ihrer Unangepasstheit an eben dieses System gelitten haben. Diese Texte, die von Staatsbürgern ausgearbeitet wurden, die mehrheitlich a priori als normal angesehen werden, zeugen mit der Einführung des Begriffs des Gemeinwohls und, letztlich oder weniger schamhaft ausgedrückt, eines »Prinzips der Güte« von einem Fortschritt der politischen Philosophie.

Er liest Hannah Arendt und sieht darin »*die wahre Philosophie, die maßgebliche Philosophie*«. In *Vita activa oder vom tätigen Leben* findet er eine Diagnose und ein Heilmittel. Hat er in seiner Melancholie, in seiner Neigung zur Kontemplation, in seiner Ablehnung des Lebens nicht gerade das durchquert, was Arendt die *vita contemplativa* nennt? Hat er jemals etwas anderes getan als die Welt zu verlieren, ihr abhanden zu kommen, fremd zu werden, ein Entfremdeter, und Zuflucht in sich selbst zu suchen wie diejenigen, die man einst weise nannte und die, so möchte er glauben, seinen Wahnsinn teilten?

Der Mensch, der in der Antike das Leiden an der Welt vermeiden wollte, »entfremdete sich« (sic) von sich selbst: er flieht aus den Geschäften der Welt und flüchtet sich vor allem in die innere Zitadelle, in der das Ich nur sich selbst ausgesetzt ist. Genau das habe ich durchgemacht, das Hinabtauchen in mich selbst und die psychotische Zuflucht. Das war, aus dem Abstand heraus betrachtet, nichts anderes als verrückterweise dem Leben auf Erden abzuschwören.

Vide (maître du) Leere (Herr über die)

Ich floh, ich ging endlos durch die Nacht. Wieder zu Hause blieb mir nichts anderes übrig als zu schlafen und durch die Kraft der Seele, wie man so sagt, zu mir zurückzukehren, die gleichmütige Seele im Anzug von Monsieur A. mit dem Ordensband, meine Krankheit und das in ihr eingeschriebene Ende akzeptierend. Ich zog mich an und setzte mich an meinen Schreibtisch, ich war Monsieur A., der in seinem Büro im Empire-Stil thront wie der Herr über die Leere einer untergegangenen Stadt.

W oder die Kindheitserinnerung

Eines Abends klingelt spät das Telefon, ich habe soeben erfahren, dass ich mit meiner zweiten Tochter schwanger bin. Eine sanfte, beinahe zärtliche Männerstimme nennt mich bei dem Namen, den man mir gab, als ich ein Kind war. Diese Stimme kann ich mit keinem Gesicht verbinden und auch nicht mit dem Namen dieses Mannes, den ich nach dem Tod meines Vaters auf einem Kondolenzschreiben gesehen habe. Du hast es vergessen, sagt er zu mir, aber ich erinnere mich, wir wohnten genau oberhalb von euch, du bist zu uns heraufgekommen, du hattest ein besonderes Geschick dafür, immer dann zu kommen, wenn ich gerade unter der Dusche stand, wir hatten dich schrecklich gern, du warst witzig, wir sahen uns oft, alle vier, mit deinen Eltern (also zählen meine Mutter und mein Vater noch für zwei), wir haben zusammen zu Mittag und zu Abend gegessen, wir haben zusammen die Ferien in dem Haus auf Oléron verbracht, dein Vater liebte diesen Platz, das war das Paradies auf Erden, wir wohnen in eurer Wohnung, weißt du, als ihr euch von ihm getrennt habt (als sie sich getrennt haben), sind wir eingezogen, wir haben die Wände im Flur grün gelassen, erinnerst du dich?, und das kleine Zimmer am Ende des Flurs (ja, ich erinnere mich, das war das Arbeitszimmer meines Vaters, ich sehe ihn noch vor mir, wie er sich darin einschließt, um seine Dissertation zu schreiben, als ich es einmal satt hatte, ihn ständig arbeiten zu sehen, habe ich seine Brille aus dem Fenster geworfen), dieses kleine Zimmer ist jetzt meines, du kannst kommen, wann du willst, weißt du. Die sanfte Stimme ohne Gesicht spricht weiter, sie wiegt das Kind, das ich in mir trage und das man mir soeben angekündigt hat, sie siedelt es in einer weiter zurück liegenden, sanfteren Vergangenheit an, aber jetzt, wo ich sie weiterreden höre, ist es plötzlich, als ob die Welt ein bisschen weniger stark schwankte, ein Anker fällt auf den Grund, als ob auch ich eine Erde und eine Vergangenheit wiederfände, aus dieser untergegangenen Zeit mit meinem Vater, denn er war der einzige, der mir davon erzählte, aus dieser Zeit, in der mein Leben verwurzelt ist und die für meine Mutter von einem anderen Leben überdeckt wurde, gibt es also noch einen Zeugen, einen Menschen, für den sie zu zweit gewesen waren, und ich mit ihnen, *Schatten unter ihren Schatten, Körper neben ihren Körpern*, diese Stimme ohne Gesicht schenkt mir ein Gedächtnis (denn *ich habe keine Kindheitserinnerungen*, die zornige Kleine, die die Brille aus dem Fenster geworfen hat, die ihren Vater jeden Morgen weckte, indem sie mit einer Bürste durch sein Haar fuhr, die ihm einmal auf der Türschwelle ihr liebstes Spielzeug gegeben und so getan hat, als wüsste sie nicht, dass er nicht wiederkommen würde, diese Kleine kenne ich von ferne, ich erkenne sie nicht wieder und kann sie auch nicht bei meinem Namen rufen, sie ist mir fremder als die, die ich in mir trage, selbst wenn ich für sie eine besorgte, distanzierte und mit Gewissensbissen vermischte Zärtlichkeit empfinde, wie für ein Kind, dessen Blick ich begegnet bin, ohne mit ihm sprechen zu können, aber nun ist es zu spät und sie ist nur mehr ein Schatten, eine unbestimmte Silhouette ohne Inhalt, zu viel Raum trennt mich von ihr, zu viele Splitter, zu viel Schutt), diese sanfte Stimme, die mich bei meinem Namen ruft, schenkt mir eine Gegenwart, wenn ich ihr zuhöre, ist es, als ob ich anfangen könnte, mein Leben zu bewohnen, ich, die ich, jetzt begreife ich es plötzlich, in ihm stand wie auf fremder Erde, ohne Gepäck gelandet, warum eher hier als anderswo, ich weiß es nicht, warum eher ich als eine andere, ich weiß es nicht, deshalb sind mir vielleicht die anderen und das Anderswo so vertraut, diese abgerissenen Fäden zu meinem Gedächtnis und meiner Vergangenheit haben sich einfach anderswo festgemacht, ein Stück weiter, in einer unvordenklichen, unpersönlichen Vergangenheit, diese Kindersprache, die ich von ihren zwei ineinander verwobenen Stimmen gelernt habe und die ich nicht mehr kann, ist von anderen Sprachen ersetzt worden, von archaischen Sprachen, diesen sogenannten toten Sprachen, deren Alphabet mich über meine Vergangenheit hinaus in einer gemeinsamen, anonymen und intimen Vergangenheit verwurzelt hat, einer geteilten Geburt, und nun wird mir ganz nah ein Boden zurückgegeben, denn die Stimme, die zu mir spricht, hallt von Wänden wider, zwischen denen ich aufgewachsen bin, denn für sie sind sie weder ein Dekor noch Schutt, sondern die eigentliche Materie ihres Lebens, so ist es auch mit der Stadt, in der ich ein Kind war und in der ich doch immer das Gefühl habe, soeben eingetroffen zu sein, auch diese Stadt wird für mich vertrauter, solider, vollständiger, natürlich kenne ich dieses Viertel, diese Straße, in der wir gewohnt haben, und an diesem Wohnhaus bin ich gelegentlich vorbeigegangen, habe aber nie daran gedacht, die Tür aufzustoßen, genauso wenig wie die Türen, die man als Trompe-l'œil auf diesen Bildern sieht, die in Italien vor den Fassaden der verfallenen Kirchen hängen, zwei Jahre sind seit diesem Anruf verstrichen, ich habe den Mann, der an jenem Abend zu mir gesprochen hat, nicht wiedergesehen und auch seine Einladung nicht beantwortet, aber wozu auch, da mich schon allein seine Stimme wieder nach Hause gebracht hat.

Xavier

Mein Vater hatte einen klingenden und komplizierten Doppelvornamen, einen dieser Vornamen, die eindeutig eine Zugehörigkeit zur Bourgeoisie belegen. Meine Großmutter achtete immer darauf, ihn vollständig auszusprechen. Sie hatte im Winter 1944, ein Jahr vor seiner Geburt, ein totgeborenes Kind zur Welt gebracht, das Hervé hieß. Und wenn sie ihrem zweiten Sohn nicht den Namen des Toten gegeben hatte und wenn sie es auch nicht *René* genannt hatte, so hatte sie dennoch einen Doppelnamen gewählt, als wollte sie auch den Toten taufen, zwei Söhne in einem Leib lieben. Aus praktischen Gründen riefen viele Nahestehende meinen Vater bei seinem zweiten Namen, Xavier, und es kam auch vor (etwa wenn er Witze erzählte oder wenn er damals den spanischen Akzent nachmachte), dass er selbst sich so nannte. Niemand nannte ihn François, und es wäre mir nie eingefallen, ihn unter diesem Vornamen wiederzuerkennen. Eines Tages hat er meiner Schwester und mir, er wohnte damals schon seit mehreren Monaten in Soissons, am Telefon angekündigt, dass er in seiner seit dem Tod seines Vaters zu großen und zu leeren Wohnung einen sehr sympathischen jungen Mann namens Jean-Maxime, Reflexologe von Beruf, aufnehmen werde, mit dem er Miete und Meditationsübungen teilen würde.
Er hatte uns schon so viel weisgemacht, in einer Woche würde nicht mehr die Rede sein davon, aber wir fragten uns dennoch, was das hier ankündigte, eine Bekanntschaft, eine Freundschaft, einen Traum von einer Adoption, eine Liebschaft, wer weiß – eine verwirrende Hypothese, die uns aber beruhigte,

wenigstens war er nicht mehr allein, jemand würde auf ihn aufpassen. Tage und Wochen verstrichen, und in unseren Gesprächen war immer noch die Rede von Jean-Maxime, er bewohnte das Zimmer meines Großvaters, kümmerte sich um den Einkauf und um den Haushalt, lud Freunde ein, veranstaltete Feste, das Leben beginnt wieder, sagte mein Vater, ich habe das Gefühl, zugleich einen Sohn und einen Freund gefunden zu haben. Bald hat auch Jean-Maxime begonnen, das Telefon abzuheben, wollen Sie mit François sprechen?, hat er mich an diesem Abend gefragt, ich habe eine Weile gezögert, bis ich begriffen habe, dass er meinen Vater so nannte.

An dem Tag, an dem er mit seinem Herzinfarkt auf der Straße zusammengebrochen ist, hat uns nicht Jean-Maxime verständigt, sondern die Polizei. Wir hatten versucht ihn zu erreichen, um zu begreifen, was vorgefallen war, aber keiner hob ab. Dennoch kam er am nächsten Tag ins Krankenhaus und brachte Kleider und Waschzeug. Er war ein kleinwüchsiger, jugendlich wirkender Mann, von Kopf bis Fuß in Jeanskleidung, mit rasiertem Schädel und einem lebhaften, ausweichenden Blick. Er sprach mit einer sehr sanften Stimme, die nicht zum Übrigen passte, genauso wenig wie seine englischen Schuhe zu seinen gebleichten Jeans, er legte eine Art Lässigkeit und Distanziertheit an den Tag, die ich zunächst für Zurückhaltung hielt. Er hat uns zum Bahnhof begleitet und vorgeschlagen, wir sollten bis zur Abfahrt des Zugs auf einen Kaffee gehen. Die Typen, die an der Theke standen, schienen ihn zu kennen, er grüßte sie, wählte einen Tisch in der Nähe des Flippers und bestellte Fruchtsäfte. Er hielt sich sehr gerade, leicht schräg, und begann, mit seiner sanften Stimme über unseren Vater zu sprechen wie über jemanden, den wir ein wenig gekannt und aus den Augen verloren hätten, François ist ein anständiger Mensch er hat gerade eine schlechte Zeit er muss lernen sich zu entspannen er ist zu ängstlich keine Sorge wir kriegen ihn schon wieder hin er braucht Gesellschaft die Miete die ich ihm bezahle ist nicht hoch ich kann Geld sparen für eine Praxis nein nein das übernehme ich tja wenn Sie unbedingt wollen, dann eben beim nächsten Mal.

Wir sind beruhigt zurückgefahren, wir hatten es bitter nötig. Als alles immer schlimmer wurde bis hin zu diesem 14. Juli, an dem ein Gespenst an meiner Tür klingelte, hat er uns nicht benachrichtigt. Er hat uns nicht gesagt, dass mein Vater sich zu Tode trank, dass er auf der Straße zusammenbrach, dass er nichts mehr zu essen hatte. Wir sind ein letztes Mal nach Soissons gefahren, um die Wohnung auszuräumen. Jean-Maxime war schon ausgezogen. Er hatte die Fenster geputzt und die Badewanne gesäubert. Wir haben ihm Bücher, Geschirr und Kleider, die nicht mehr in die Kartons reingingen, und den Mercedes des bulgarischen Botschafters gelassen, damit er sich um ihn kümmerte, bis wir ihn verkauft haben (einige Monate danach ist er von der Polizei abgeschleppt worden). Beim Ordnen von Papieren bin ich auf einen Satz Fotos gestoßen: ein Mann, der mein Vater sein muss, offenkundig betrunken, der trübe und verloren dreinblickt, mit einer Bierdose in der Hand, neben ihm Jean-Maxime, jeder mit einem Mädchen auf dem Schoß. Auf der Rückseite ein Vorname: François, und ein Datum: 31. Dezember. Ich weiß nicht, wer diese Fotos gemacht hat, ich weiß auch nicht, wer dieser François war.

Y

Nun gehen die Buchstaben aus, diese Ordnung ohne Bedeutung, mit deren Hilfe ich versucht habe, seine Unordnung und meine in den Griff zu bekommen, unsere Erinnerungen zu glätten und stammelnd dieses sehr alte Wissen zu buchstabieren, zu dem ich nicht durchgedrungen bin, als ob diese Wörter und Sätze, die unter dem Impuls und der Notwendigkeit einer anderen Ordnung, der seinigen – einer Aufforderung oder eines Versprechens (*einen Roman daraus machen)* –, hingeschrieben wurden, sogleich wieder in ihre ursprünglichen Bestandteile auseinanderfallen würden, in verstreute, unverbundene Buchstaben, eine Konstellation explodierter Buchstaben auf dem Himmel des Vergessens, der unmöglichen Übereinstimmung und der unmöglichen Treue, und ich wie sie, *into pieces*, unartikuliert, in das stumme Alter vor dem ABC des Gedächtnisses zurückgestoßen, so viele andere Erzählungen sind möglich, andere Ordnungen, andere Codes, in die man verschlüsseln kann, was ich immer noch nicht entziffern kann, dieser Text, den er hinterlassen hat, besitzt noch die Dringlichkeit der Stimmen, die verstummt sind, und mir scheint, ich könnte ihn endlos von Neuem lesen, endlos von Neuem zusammensetzen, was würde passieren, wenn ich ihn zuschlüge, was wird passieren, wenn ich ihn zuschlagen werde, um ihn mitsamt seinen Tagebüchern und seinen Heften abzulegen wie eine erledigte Angelegenheit, diesen Text, in dem seine Stimme noch ertönt und in dem noch schwach die schwarze Sonne seiner Melancholie scheint, und dieser Text, den er so sehr hätte veröffentlichen wollen, wieder zu einem *toten Buchstaben* wird, wie groß wäre dann die Leere, und wie viele Bücher müsste man schreiben, wie viele Geschichten zu einem Roman machen, um diese Leere zu füllen oder wiederzufinden, die sich auf den Tag genau vor drei Jahren aufgetan hat (und heute, an seinem Todestag, erhalte ich meine Geburtsurkunde, die für einen anderen Todesfall, eine andere Akte, die es abzulegen gilt, erforderlich ist, diese am Tag nach meiner Geburt »aufgrund der Erklärung des Vaters« ausgestellte und von einem Standesbeamten namens DESIRE signierte Urkunde), ich habe sofort gewusst, dass ich in diese Leere Wörter hineinwerfen würde, seine und dann meine, dann beide zusammen, vermischt, eine zerbrechliche, sehr hoch über der Abwesenheit hängende Brücke, die mich wieder zur Abwesenheit zurückführen würde, eine Brücke, die aus unseren gegabelten Erinnerungen geflochten ist, die doch in dieser sehr alten und stammelnden Zeit entstanden sind, in der unsere Stimmen verbunden waren wie die zwei Gabeln des Y, die aus demselben Stamm hervorgehen, dieses Y, in dem eine tote Sprache anklingt, das Y, Symbol des Unbekannten, Symbol für das, was mir von ihm und von mir immer fremd bleiben wird, für das, was kein Buch, kein neu zusammengewürfeltes Alphabet benennen kann, dieser Buchstabe, den die Griechen verwendeten, um das *Symbolon* zu bezeichnen, die zwei Bruchstücke eines von einem Freundschaftsbund zerbrochenen Rings, die, fügt man sie aneinander, das Wiedererkennen bedeuten.

Zelig

Das ist der kleine Mann, den man in der Menge sieht, er ist auf der Flucht, immer auf der Flucht, und trägt auch die entsprechenden Farben, an diesem Tag ist er ein Braunhemd unter Braunhemden, ein Nazi unter Nazis, er war auch schwarz in einem Jazzorchester, Indianer hinter den Gittern eines Reservats, grün und rothaarig in einem irischen Pub, Rabbiner unter Rabbinern, Grieche am Ausgang einer Taverne, ich habe diesen Film gesehen, als ich ein Kind war, ich erinnerte mich an den Chamäleon-Menschen, ich hatte vergessen, dass Zelig verrückt ist (auf dem Podium und vor der Menge, die ihm zujubelt, nachdem sie ihn ausgebuht hat, ruft Woody Allen aus: »Das alles kann man tun, wenn man total psychotisch ist«), ich hatte die Szenen in der Psychiatrie vergessen, die Zwangsjacken und die weißen Kittel, die von Mia Farrow gespielte Psychiaterin und den Sinn dieses Wahnsinns, sein wie die andern, um geliebt zu werden, ich erinnerte mich nur an die Fluchten und an die Verwandlungen, an diese schwarz-weiße Buntheit, diesen Mann, der immer sich selbst entwischte, als ob der Wahnsinn nicht der Schlüssel zu ihm wäre, nicht mehr vielleicht, als er derjenige zu meinem Vater ist und auch nicht zu diesem Porträt, diesem unmöglichen Porträt, das er an jedem Tag seines Lebens in Angriff genommen hat und das ich nun ebenfalls angefertigt habe, um seinen Tod aufzuschieben, dieses Porträt aus sechsundzwanzig Winkeln mit der fehlenden Mitte, dieses Porträt als sechsundzwanzig andere und mit dem entwischten Ich, mein Vater war nicht wie die andern, er war die andern, er wollte nicht von ihnen geliebt werden, er suchte in sich selber denjenigen, den er lieben könnte, alle wohnten gleichzeitig in ihm (er erzählte diesen Witz: Wie kann man ein Chamäleon töten? – Indem man es auf einen Schottenstoff legt), das schwarze Schaf und der Napoleon des Hohen Nordens, der Jesuitenpater und James Bond, der Bulle und der Verräter, der Narr und der Weise, alle eingezwängt in einen einzigen Körper, der ihretwegen tausend Tode litt und ebenso viele Leben gelebt hat, sie alle vereint in einer einzigen, nun ausgelöschten Anwesenheit, ich habe ein letztes Mal in mein Widderhorn geblasen und diese Truppe der Masken zum Appell antreten lassen, aber er fehlt noch, die Präsenz, die sie alle versammelte, der Körper, in dem sie wohnten, die Stimme, das Lachen und der Blick, der sie belebte, all das, was ich nicht in Erinnerung rufen und auch nicht buchstabieren kann, das, wovon kein einziges Wort zeugt, sondern nur, starr und kalt, die Fotos, die ich noch immer anschauen kann, er hat das Grab abgelehnt, den Stein, die Maske der liegenden Figur, er hat die in alle Winde verstreute Asche vorgezogen, vielleicht hat er in der weißen Wüste des Todes gefunden, was er immer suchte: das Recht, endlich niemand mehr zu sein?

Belle-Île, am 26. März 2009

Die Originalausgabe erschien unter dem Titel *Personne* in Paris:

Avec le soutien du
CNL Centre national du livre

Umschlag: & Co www.und-co.at
Satz: AD
Druck: Theiss

ISBN 978-3-85420-843-3

Literaturverlag Droschl Stenggstraße 33 A-8043 Graz
www.droschl.com